編官能小説 —

欲情ハーレム病棟

桜井真琴

竹書房ラブロマン文庫

目次

※この作品は竹書房ラブロマン文庫のために
書き下ろされたものです。

第一章　美熟女医のあやしい誘い

1

「ご気分はいかがですか、高宮《たかみや》さん」

その声は甘く、それでいて涼《すず》やかに澄んでいた。

ゆっくりと瞼《まぶた》を開けると、白衣にナースキャップの看護婦さんが、ニッコリと微笑んでいる。

（ああ……琴美《ことみ》さんだ！）

高宮春人《はると》は朦朧《もうろう》とした意識の中でも、ドキドキと心臓を高鳴らせた。

相本《あいもと》琴美、二十六歳。

このS総合病院の看護婦の中でも、トップクラスと噂される、アイドル級の美人ナースである。

盲腸の手術前のたった二日間の入院生活で、どうしてそんな情報を知っているかというと、隣の病床にいる入院患者の前田《まえだ》という男が、いろいろ教えてくれたからである。

「気分は……大丈夫です。でも……なんとなく、ぼうっとして……」

「全身麻酔ですからね。まだ手足はしばらく動かせないと思いますよ。ちょっと汗をかいてますね。拭きましょうか」

琴美は持ってきた洗面器に、タオルをつけて準備している。

そうか。

全身が痺れていても汗はかくんだなあと、春人はへんなことを考えてしまう。

琴美を初めて見たのは、ここに来院した直後だ。

受付を終えて内科棟に向かっていたとき、前から歩いてきた看護婦さんの愛らしさに、春人は腹痛も忘れて呆然と見つめてしまった。

大きな目がクリッとしていて、丸顔にナースキャップがよく似合っている。

顔もバツグンに可愛いのだが、ワンピースの白衣に包まれたプロポーションもすさまじかった。

小柄でスリムな感じだが、白衣の胸元を押しあげる胸のふくらみは、息を呑むほどの量感で、見てはいけないと思うのに、目が吸い寄せられるほどの巨乳だった。

その上、接してみれば気が利いて優しくて、看護婦らしく献身的なのだ。好きになるのも当然だ。男なら誰でも好きになる。

「上半身から拭いていきますね」

琴美が言い、布団が腰のあたりまでめくられた。

上半身からってことは……下半身も拭いてくれるのかな？

胸を高鳴らせながら、なすがままになっていると、琴美が身を寄せてきて春人の入院着の前をはだけさせる。

上だけ裸にされた。

琴美の全身から、甘ったるい匂いがふわりと立ちのぼる。

病院で働いているのだから、香水の類《たぐ》いは一切つけてないはずである。それなのにこの人は、こんなにもいい匂いをさせている。

（琴美さんの匂い……）

春人はうっとりした。

「感覚がないって、へんでしょう？」

琴美が喋りながらも手際よく、春人の手を持ってタオルで拭いてくれる。

「は、はい。汗も出るし……ちょっと口が動きづらいけど、しゃべれるし、匂いもかげる。でも身体が動かないいんです。不思議な感じ」

春人が答えると、琴美はウフフとチャーミングに笑った。

(おうう、顔が近い。近すぎるっ)

春人の目の前に琴美の横顔がある。

信じられないくらい目が大きい。肌が白くて、つるんとしている。

唇を伸ばせばチューできそうだ。もちろんするわけなんかないけど。

琴美は春人を横向きにし、背中も拭いてくれる。さすがナースだ。手慣れた様子である。

そして再び仰向《あおむ》けにされて、首筋を拭いてくれたときだ。

目の前に、白衣の胸元を盛りあげる、たわわなふくらみが近づいた。

(うおっ……おっぱい……お、おっきい……)

琴美が身体を動かすたびに、春人の目の前で柔らかそうなバストが、たゆんたゆんと揺れ動いている。

「フフ……くすぐったかった?」

春人の様子がおかしいのを察した琴美が、一旦《いったん》身体を拭くのをやめて訊《き》いてきた。

「い、いえ……大丈夫です」

笑ってごまかした。

琴美はウフフと楽しそうに笑って、身体を拭くのを続けてくれる。

（なんでこんなに可愛いんだよ）

白衣が似合う穢《けが》れなき清純派だから、プライベートならきっと白いブラウスみたいな清楚な服装が似合うだろう。もしこんな美人とつき合うなんてことになったら、毎日イチャイチャしまくるに違いない。

できればこのナースの格好にさせてエッチしてみたい。

ナースキャップを被ったままフェラしてもらったり、白衣を着たままの状態でパンティを脱がして……。

そのとき、ふと思った。

彼氏はいるんだろうか、きっといるんだろうな。こんなに可愛いんだもんな。

ひとりで勝手に盛りあがって、勝手に盛りさがっているときだ。

（お……おわわわ……！）

春人の身体が強張《こわば》った。

琴美が胸のポケットからペンを落とし、しゃがんで拾おうとしていたのだ。

美人ナースの膝は開かれて、ワンピースの裾《すそ》から白いパンストの太ももが、際どいところまで露《あら》わになっている。

ああ、この人……無防備なんだよな。

意外と天然なところもあり、昨日はピンクっぽいブラジャーが透けていたらしく、入院患者の間ではその話でもちきりになったらしい。

もっと見えないかな。そおっと上から覗くと、太ももの奥にちらっと白いものが見えた。パンストより濃い白だ。

目をこらす。

美人ナースの股間を覆うパンストのシームに、白い下着が透けている。

(こ、琴美さんのパンティ！)

見えた。見えてしまった。

頭の中が、琴美のパンティでいっぱいになる。白衣の天使が白のパンティって、ちょっといやらしすぎるだろっ。

(やべ……)

股間が本格的に硬くなるのを感じる。

両手がまだうまく動かせないから、勃起の位置を変えることもできない。

「それじゃあ、下も拭くわね」

琴美の言葉にギクッとした。

おそらく、自分の股間は今、セクハラレベルでふくらんでいるに違いない。

「い、いや。下は麻酔がきれたら自分でやりますから」

春人は慌てた。

「ウフフ。恥ずかしがらなくてもいいのよ。いつもしていることなんだから」

布団が足首までめくられた。

琴美の視線が、春人の股間に向く。琴美は目をぱちくりさせて、

「え……？　う、嘘でしょ……」

琴美がフル勃起を見て狼狽《うろた》えたので、春人はいたたまれなくなった。

「い、いや……これは……その……」

なんとかと言い訳しようと思ったときだった。

「ご、ごめんなさい。ちょっと先生を呼んでくるわね」

琴美が焦った口調で言い、仕切りのカーテンを開けて立ち去ってしまった。

（えええ！）

「ちょっと待ってください……実はあの……」

起きあがろうにも身体が動かない。

（な、なんでだよ……勃起したくらいで……）

春人が呆然としていると、隣のベッドの前田が声をかけてきた。

「琴美ちゃんが珍しく慌ててたけど。まさか襲ったりしたんじゃねえだろうな」

「してませんよ。ただ……」

春人は自分の股間を見た。

確かにもっこりと中心部がふくらんでいる。

でもだからって、医者を呼びにいくほどのことか？

2

（ああ……どうしよう……）

まさか勃起したことで、琴美をここまで怒らすとは思わなかった。

だって仕方ないじゃないか。ここ数日オナ禁してたまっていたところに、もろに純白のパンティが見えたのだから。

などと思っていたら、琴美と担当女医の黒木玲子《くろきれいこ》が部屋に入ってきた。

玲子はいつにも増して厳しい顔をしている。

春人はこの女医が苦手だった。

初日から「どうしてこんなになるまでほっといたの！」と叱咤されたのだ。

情報通の前田によると、内科医の黒木玲子部長といえば、入院患者はみな震えあがるほど手厳しい人で、かなりのドSらしい。

「ちょっといいかしら、高宮くん」

玲子が足元に仁王《におう》立ちして、春人を見下ろしてきた。

切れ長の目でじろりと睨《にら》まれると実に怖い。

琴美とはタイプの違う、でも同じくらいの美人であることは間違いないのだが、その彫りの深い日本人離れしたルックスは、怒ると迫力がありすぎる。

「い、いや……あの……その……」

春人は口ごもって、自分の股間を見た。

まだ勃起している。

ハッと気づくと、玲子も琴美も春人の股間をじっと見ている。

恥ずかしくて汗が噴き出すが、手で隠すことができないので、もうどうにでもなれという気分である。

「琴美ちゃん、ちょっとカーテン閉めてくれる？」

玲子の言うとおりに琴美がベッドのまわりをカーテンで閉めきった。

とたんに美女ふたりの濃厚な匂いが漂ってくる。

（やばい……）

股間がビクッとした。

こんな切羽つまったときでも、大きくするなんて……。

自覚したことはなかったが、自分は相当なスケベなんじゃないかと心配になってきた。

「なんなの？　ピクピクしてるじゃないの……」

玲子が呆れたように言った。

「ねえ、琴美ちゃん。もしかして、この子にへんなことした？」

玲子の言葉に、琴美はカアッと顔を赤くして、ふるふると首を振りたくった。

へんなことって、手コキとかだろうか。

琴美がそんなことをするわけない。

春人は琴美のピンチだと思い、思いきって口を開く。

「ち、違うんです。あ、あの……琴美さんに身体を拭いてもらっているときに、その……白衣の中の脚が見えて。ごめんなさいっ」

ちらりと琴美を見た。

ちょっと怒ったようにジロッと睨んできたが、すぐにフフと微笑んで、口の形だけで『そ・お・だ・っ・た・の・ね』と伝えてきて、顔を赤らめた。

玲子が、やれやれという顔をする。

「うーん、麻酔が効いてるのに、キミ、どうして陰茎だけ大きくできるワケ？」

言われてハッとした。

そういえばそうだ。まだ手も足もじんわりと痺れて思うように動かせない。なのに股間に力を入れれば、入院着の股間部分が、ビクビクと動く。

「やだっ、高宮さん。もう動かさないでいいです」

琴美が顔を赤らめたまま、そむける。

春人は猛烈に恥ずかしくなった。

自分の精力は、きっと普通じゃないのだろう。

玲子がさらに股間に顔を近づける。

「麻酔が効かなかったわけじゃないわよね。手術中、意識なかったんでしょう？」

「も、もちろんです。気がついたら、このベッドの上でしたから」

「そうよねえ……キミ、明日精密検査するから。私のところに来てくれない？」

「え……わ、わかりました」

まさか人体実験でもされるわけないよな、と思いつつ琴美を見れば、まだ顔を赤らめていて、こっちもドキドキしてしまった。


「失礼します」

そう告げてから、春人は部屋に入る。昨日、玲子に言われた通りに内科部長室にやってきたのだ。

殺風景な部屋だった。

革張りの大きな応接ソファがあって、その奥に机がある。玲子はその机のところに座っていて、パソコンの画面を見つめていた。

「どうぞ。ソファに座って」

言われて、春人は下手《しもて》に座る。

座るときにわずかに手術した脇腹がチクッとした。

「ちょっと待っててね」

玲子が画面を見ながら言う。
いつもの白衣に黒のタイトスカートという装いである。
「は、はい」
返事をしながら、玲子を盗み見た。
切れ長の目元はクールで、彫りの深い顔と相俟《あいま》って、こわいくらいの美人だという
ことを見せつけてくる。
軽くウエーブした肩までのボブヘアが、端正な顔立ちによく似合っている。
鼻筋は高く、唇は上品で薄いが割合に大きめで、もしかしたらハーフかクォーター
ではないかと思わせる顔立ちだ。
三十八歳で結婚していると前田から聞いていたが、くたびれたところがまるでなく、
そのプロポーションのよさも併せて、春人には絶対に扱えないだろうと思わせてくれ
る、「高めのいい女」オーラが、これでもかと漂ってくる。
玲子が立ちあがり、
「お待たせ」
と言って、テーブルを挟んだ向いに座った。
「緊張しなくてもいいわよ、診察とかそういうことじゃないから」

言われて、そういえばいつもよりも玲子がリラックスしているように見えた。

だから白衣の前ボタンを開いているのか……。

春人は玲子の胸元に目をやりつつも、ちらちらと彼女の脚も見た。

いつもは白衣に隠れているから、玲子の脚はふくらはぎくらいまでしか拝めない。

しかし今は、ミニ丈のタイトスカートから伸びたナチュラルカラーのパンティストッキングに包まれた太ももが露わになっている。

(ふ、太もも……玲子先生の太もも、もちもちして柔らかそう)

厳格な女医だけに、太ももが見えているだけで、もう心臓が張り裂けそうだ。

患者はみな玲子を怖がっている。

しかし反面、服の上からでもわかるスタイルのよさや、匂い立つような人妻の色気がたまらないと、いつも話題になっている。

「ねえ、高宮くん。キミって童貞?」

いきなりとんでもないことを言われて、玲子の顔を見つめた。

「は?　え?」

「答えて。どうなの?」

玲子が足を組んだ。

スカートの奥に、ストッキングに透ける黒が見えた。

美熟の人妻女医は、院内で黒のパンティを穿いている！　いや、悪いことじゃないのだが、すごく挑発的だ。

シームの奥に、ちょっと透け感のあるパンティ。

大人の女性の、大人のパンティだ。

絶対にあとで抜こうと思いつつ、

「ど、童貞ではないです」

ほぼ準童貞だから、あまり胸は張れずに小さい声で言った。経験わずか一回だ。

「でも、経験は少ないんでしょう？　私の下着を見て動揺するくらいだし」

玲子は「ウフフ」と笑いながら、身を乗り出してくる。

春人はカアッと顔を熱くしながらも、まじまじと玲子の顔を見た。

すごい。大人っぽいのに、この人は笑うと女の子みたいに可愛くなるんだ。

(なんかすごく玲子先生がエッチだ。も、もしかして……たまってるから、ヌイてくれるとか……)

アダルトビデオのようなご都合主義の展開を期待して、鼻息を荒くしたときだ。

「どうなの？　少ないの？」

もう一度訊いてくる。

「す、少ないです。大学の時にひとりだけ……」

「ひとりねえ……ちなみに今、彼女は？」

どんどん際どいことを訊かれる。

だが春人の頭の中は、美しい女医さんの太ももやお尻やおっぱいでいっぱいになっている。

「いません、というか、いたことないし……」

同情を買うために、わざとしおらしく言った。

「そうなんだ……ふーん、じゃあ、私が――」

(き、きた！　本当にきたー)

春人は顔をほころばせた。

じゃあ、私が今だけ恋人になってあげるね。

なんて言葉を待っていた。そのときだ。

「――いいお仕事紹介してあげる」

「へ？　仕事？」

予想もつかなかったことを言われ、春人はいぶかしげな目を玲子に向ける。

「そう。実はね、近くにあった総合病院が閉鎖になっちゃって、今この病院にはそこの患者が流れてきているの。知ってた？」

あまりピンとこないが、言われてみれば受付には人があふれていて、ずいぶん待たされた気がする。

「それでね、私もそうなんだけど、医者も看護士も、みんな働きづめなわけよ。特に看護士とか受付の子なんか、家に帰ると寝るだけなんて人も多いわけ。で、キミにそんな彼女たちを癒《い》やして欲しいワケ」

「はあ。癒やす……」

突拍子もなさすぎて、それしか返答できなかった。

「でも、僕、マッサージとか、そういう類いの資格なんかありませんけど」

「違うわよ。キミがするのはその……キミって、麻酔していても勃起しちゃうくらい、性欲があるわけでしょう？」

春人は「あ！」と思って、目を丸くした。

「ま、まさか……病院の女性たちを癒やすって、セ、セック……」

春人が口にすると、玲子が珍しく目の下を赤くして、ちょっとはにかんだ。

「当たり。あら……なに引いてるのよ。性行為ってすごく大事なのよ。男性ひとりなら処理は簡単だろうけど、女性はその……ひとりでしてもすっきりしないこともあるし……セックスってすごく大事なの」

春人はぽかんと口を開けたまま閉じられなくなった。

だが、今度……パッと頭に浮かんだのは、琴美のことだった。

(も、もしかして、琴美さんと……エ、エッチできるかも……)

琴美の柔らかそうなおっぱいや、クラクラするような甘い残り香を思い出す。

「ど、ど、どうすれば……」

「やってくれるのね？　さすがどスケベくん、話が早い」

玲子が笑う。

「この人を癒やして欲しいって伝えるから、キミがうまくそういう雰囲気に持ち込んで」

言われて春人は「ええ！」と驚く。

「そ、そんな雰囲気なんかつくれるわけないじゃないですか。そんなことできたら、とっくに彼女とかつくってますから」

「でしょうね。だから教えてあげる。あのね、女性にはね、その気にさせる身体のツボがあるの」

「……嘘でしょう？　聞いたことないですよ」

「そりゃあ、やたらめったに教えたらあぶないもの。内科医の企業秘密ってところかしら。ちょっと教えてあげるから、やってごらんなさいよ」

そう言って、玲子は立ちあがり、白衣を脱いで白いブラウスと黒のタイトスカートという格好になった。

3

（うわっ……すらっとして、すごいプロポーション……）

春人の視線は、白いブラウスを突きあげる胸元から、驚くほどくびれた腰、そしてすらりと伸びた太ももにいく。

「……ねえ、まさか……私を襲いたいなんて、思ってないわよね」

と、玲子が睨んでくる。

「い、いいえ、いいえ。まさか、襲うなんて……」

春人がかぶりを振りたくると、玲子はウフフと妖艶《ようえん》に笑い、ソファにうつぶせになった。

(おおお!)

寝そべっている玲子の肢体が、あまりにエッチすぎた。

目がいくのはお尻である。

視界からハミ出さんばかりの大きなお尻っ。

タイトスカートの生地をピチピチに張りつかせるほど、悩ましいお尻っ。

もっと顔を近づけてみた。パンティのラインがタイトなスカートに浮き立っている。レースっぽい模様まで浮いている。大きめのパンティに見える。

顔をこの大きなお尻に押しつけて、むしゃぶりついたらどんなに気持ちいいんだろう。股間が硬くなって、ぶかぶかの入院着の股間がテントを張る。

いや待て、ちゃんとやらないと怒られるぞ。

「あの……ど、どのへんのツボでしょうか」

「腰よ。でもね、普通に指圧するような場所ではないのよ。やりづらかったら、私のお尻を跨いでいいわよ」

いいんですねっ。

春人はソファに乗って、そっと玲子の太ももの上に乗った。勃起を当てないつもりだったのだが……。

「あ……」

玲子が短く叫んで、肩越しに睨んできた。

「やだもう……なんでそんなに硬くしてるのよ。私はしないわよ、キミとは」

釘を刺された。がっかりする。

「わ、わかってますよ。どのへんですか？」

言われた場所は、確かに通常は押さないような場所だ。

そっと腰に手をやった。

揉んでいくと、ブラウスの上からでも、もっちりとした肌の柔らかさを指先に感じる。

（すげ……）

興奮しながらも押すと、

「くっ……！」

ビクッと、玲子の美しい背中が震えた。

あれ？　この反応はなんだ？

もうなにかが効いてきたんだろうか、わからずにさらに腰を揉むと、

「う……んんっ……ちょっと、キミ、意外とうまいのね」

悩ましい声とともに、玲子の身体が温かくなってきたような気がする。

玲子は両手を組み、その上に頬を乗せて、うつ伏せで突っぷしたような姿勢であるから、ブラウスの脇が見えていた。

(あ、汗染みだ…… しかも大量の!)

もう夕方だから、一日の仕事の汗が腋《わき》の下に籠《こ》もっているのだろう。

美人の大量の汗染みに、春人は異様な興奮を覚えた。

そおっと鼻先を近づけていくと、甘酸っぱい汗の匂いが腋の下からムッと発してきて、くらくらした。

そこで玲子は気配を感じたのだろう。

両脇をギュッと締めた。

「やんっ、へんなところ嗅がないで……」

玲子が細い眉をくもらせて、恥じらい顔を見せてくる。

(熟女の恥じらいっ……すごく可愛い)

「す、すみません」

謝りつつ、教えられた性感のツボをさらに揉んだ。すると、

「あっ……ああん……ううん」

玲子はうっとりした声を出しはじめて、腰をもどかしそうに揺すりはじめる。

もっちりして柔らかい、弾力のある尻が股間にこすれる。タイトスカート越しにも玲子のヒップの肉づきのよさと張りつめ具合が伝わってくる。

ますます分身が薄いズボンの中で硬くなり、痛いほどにふくらむ。先走りの汁が漏《も》れてパンツの中が冷たくなっていく。

（ああ……もうだめだ……）

玲子は「しない」と言った。

それはわかってる。だが、だめだった。

春人は玲子の腰を揉みながら、タイトスカート越しの尻の狭間《はざま》に、勃起を押しつけて身体を前後に揺すった。

「あっ……やんっ……ちょっと……こすりつけないで」

熟女が、肩越しに戸惑った顔を見せてくる。

怒られる。そう思っていたのに、切れ長の目がうるうるとして、目の下がねっとりと赤らんでいた。

「いえ。そ、そんなことしてませんよ」

春人はしらを切った。

もうこのまま、美人女医の尻コキでイキたいッ。パンツの中がべとべとになったっていいやと、グイグイと屹立《きつりつ》で熟尻を犯す。

「嘘おっしゃい……ああんっ、キミ、ホントにエッチだわ……しないって言ったのに……患者のくせに、医者の言うことが聞けないの？」

「し、しません……しませんから……玲子先生、お尻だけ。お尻だけ、僕に好きなようにさせてください。こ、このまま、イキたいんです」

性感のツボをググッ、と押しながら、腰を前後に動かした。

タイトスカートがズレてきて、ストッキングに包まれた黒いパンティが見えた。ますます興奮する。

「ああん……だめっ……許してッ……ああんっ……」

春人は驚いた。

玲子が湿った声を漏らしはじめたからだ。

あの勝ち気な女医が、ほぼ童貞の自分の愛撫に欲情し、弱気になっている。

三十八歳の熟女で、人妻である。

すでに玲子の身体は汗ばんでいて、白いブラウスが汗で張りつき、肩のところの肌色が透けて見えた。

黒いブラジャーのラインもくっきりと浮いていて、真ん中のホックまで見える。

(ブ、ブラ線ッ、玲子先生のブラジャーが浮いてる)

興奮が収まらなくなってきた。

もはや指はマッサージじゃなくて、熱っぽい愛撫になってしまう。

「あん、あん……だめ、だめよお……私、患者さんなんかと……しないのよ、しないんだから……」

悩ましい声を漏らしながら、玲子がくるりと仰向けになった。

ソファの上で、玲子が視線を向けてくる。

(うっ……)

眉間にシワを寄せ、切なげな濡れた瞳で見つめられる。

春人の呼吸は一瞬とまりかけた。

長い睫毛《まつげ》を瞬《また》かせて、上品な唇を半開きにした美しい人妻女医。

その苦悶の表情が色っぽくてたまらない。

「……もうパンツの中に出しちゃった？」

上目遣いに、エロいことを言われた。

ボブカットの黒髪が、汗で頬にへばりついている。

黒いブラジャーがうっすら白いブラウスに浮いている。レース模様も見える。大人のブラジャーだ。おっぱいが大きいから、当然ブラジャーも大きい。

「ま、まだです。でも、もう……」

「私も……」

玲子はそこでいったん目をそらした。

「私も、やだっ、したくなってる……」

「れ……」

ここまできたら、「玲子先生っ！」と、このまま覆い被さってしまえばいい。だけど、やはり体験人数ひとりにそんなことは無理だ。

玲子がまた、見つめてくる。

「でも、やっぱりダメ、医者と患者よ。しかも病院内で……それに人妻だし……」

彼女はためらっている。

それはおかしいと春人は思う。

「玲子先生は、忙しいお医者さんや看護婦さんを癒やしてあげて欲しい、と言いましたよね。僕も先生を癒やしたいです」

「え……？　ウフフ……生意気よ」

切れ長の目を細めてくる。ゾクッとする。

「もう出そうなんでしょう？　射精させてあげる。いいわ。待って……」

そう言うと、玲子はソファに座ったまま服を脱ぎはじめた。

（射精させてくれる？　……それって、手とかで？）

白いブラウスの前ボタンを外していき、肩から抜くと、黒いブラジャーに包まれたたわわに実ったふくらみが、ぶるんとこぼれ出る。

（え！　ええ……？）

ハーフカップのブラジャーは、上半分にレースが施されたセクシーなものだった。はち切れんばかりの白い乳房に、春人は目を血走らせて見つめる。

「あん……エッチな目ね……」

色っぽく恥じらいながら玲子は立ちあがり、タイトスカートのホックを外して、足元に落とした。

む、むうう……！

春人は鼻息を荒くして、驚くほど豊かな下半身を食い入るように見た。

ナチュラルカラーのストッキングに包まれた腰つきは、ひどくくびれているのに、そこからヒップへ続く盛りあがりと、太ももにつながる厚みが、実に女っぽく悩ましい。

パンスト越しに見える黒のパンティが、ぴったりと腰に張りついている。

身体の向きが変わると、ムッチリした尻肉がハミ出ているのが見えて、丸くてでかい尻のボリュームに、春人は陶然となった。

「ちょっとサービスしすぎかしら、でもどうせだったら、見たいわよね」

何度も頷いた。

玲子が手を背中にまわして、ブラジャーを外して腕から抜きとった。

とたんに、たゆんと大きなおっぱいがまろび出る。

でかかった。

呆れるほどに大きかった。

わずかに垂れ気味ではあるものの、下乳の丸みがしっかりとできていて、大きめの乳暈《にゅううん》がくすんだ小豆《あずき》色をしている。

乳首が陥没しているのが、妙にエロい。

「玲子先生のおっぱい、すごいんですっ。想像していたよりも……」

春人がうわずった声を漏らすと、玲子が背中を向ける。

「私の診察を受けていたときも、キミ、いやらしい想像してたのね……」

「は、はい……」

言いながら、ムチムチのヒップを見た。

すごい、パンティがお尻の半分くらいしか隠れてない。

そのパンティとパンストにも手がかかる。

ハアッと深いため息をついた人妻女医は、さすがに恥ずかしそうにしながらも、前屈みになってクルクルと丸めて下ろしていく。

生尻が見えた。

ああ、あの玲子先生が……。

一糸まとわぬオールヌードになっている。

(ど、どうして？　どうして僕なんかの前で、裸を見せてくれるんだろう)

先ほどのツボのマッサージというのは、どれほど効くんだろう。

ちょっと怖くなってくる。

玲子が丸まったパンティを、脱いだスカートの下に隠す。そして、呆然としている春人の隣に座って、笑みを漏らす。

(お、おっぱい……それにこのヘアの下に、おまんこがっ……うわああ)

三十八歳の人妻の裸は、スリムなくせに出るところは出ていて、熟れた肉の魅力を感じさせる。

「ウフフ、オチンチンが、もうはち切れそうね……あらあら」

玲子が春人の股間を見て、慈《いつく》しむような微笑みを漏らす。

春人も見る。

股間がふくらんでいて、薄いズボンの頂点にじんわりとシミができていた。

(が、ガマン汁が……こんなにいっぱい)

恥ずかしくなって股間を手で覆うも、玲子がその手を撥《は》ね除《の》けた。

え？　と思って玲子の顔を見れば、まるでイタズラした少女のように、可愛らしく笑っている。

「どうしてこんなになっているのかしら。もしかして、エッチな病気？　ちゃんと先生に見せなさい」

いつもの口調でぴしゃりと言われるのだが、オールヌードでしかも妖艶な上目遣いでうっとり見つめてくるのだから、また分身が硬くなった。

玲子は春人のズボンとパンツに手をかけると、ぐいと力をかけて引き下ろした。

「あっ……うっ……」

慌てて隠すことも叶《かな》わず、男根が露わになる。

もうガチガチに勃起していて、ガマン汁で切っ先がぬらついている。もあーんというホルモン臭が、顔をしかめるほど匂ってくる。

「ウフフ……獣《けもの》みたいな匂いね」

いきなり玲子の美貌が、春人の顔に近づいてきた。

(え？)

唇が春人の口に押し当てられる。

キ、キスだ！

玲子先生に唇を奪われている。

股間がギンと滾《たぎ》って、頭の中がパニックになった。

柔らかくて瑞々《みずみず》しい唇の感触に、ミントのようないい匂いのする吐息。

そっと押しつけられただけでなく、濡れた舌がちろちろ唇を舐《な》めてくると、もう春人の全身はガチガチに強張った。勃起がぶるぶると揺れてしまう。

すっと玲子が顔を引いた。

美人過ぎる女医が、ウフフと可愛らしくはにかんで、ちらっと春人の股間を見た。

「チュウするだけで、また大きくしちゃうなんて」

「だ、だって……キ、キスですよ。し、しかも唇同士で……そ、それって……好きな人……」

あわあわと喋っている途中に、唇に人差し指が押しつけられた。

「ウフフ。かわいいわ。あせっちゃって……じゃあ、キミのこと好きって言ったらどうかしら。春人くんは私のこと、どう思っているの？」

小首をかしげて見あげてくる。

からかっているんだ。わかっている。

「す、好き……」

「ならいいじゃない。セックスはだめだけど、そのかわりに気持ちよくしてあげるわ」

再び玲子が唇を重ねてくる。

今度は唇のあわいに、ぬらっとしたものが差し込まれた。

（し、舌っ！　玲子先生の舌が入ってきた……）

驚いて固まっていると、春人の舌に、玲子の舌がねっとりからみついてきた。

く、ちゅく、ちゅっ、ちゅ……。

「んっ、ぅんんっ……ううん！」

悩ましげな鼻声を漏らしながら、玲子は濃厚なディープキスをしかけてくる。

「ううん……ねえ、舌を出して……」

キスをほどいた玲子が言う。

汗ばみ、瞼を半分ほど落とした妖艶な表情で言われ、うっとりしながら春人が舌を出すと、チュッ、チュッと音を立てて、ついばむように吸われた。

（うわあ……）

キスってこんなに気持ちいいんだっ。

「うーん、ンンッ……んぅぅ」

玲子は息苦しそうに声を漏らしつつ、春人の首に手を置いて引き寄せ、さらに濃厚なキスで、舌をねちねちからませる。

唾液がくちゅくちゅと音を立てて泡立ち、春人はもうとろけそうなほど、頭の中がピンク色に染まっていく。

そして春人の首にあった玲子の手が下りていき、勃起を握り込まれた。

「んんっ！」

驚いて腰を震わせるも、玲子はかまわずにキスしながら、逆手に握った手首を上下に動かして撫ではじめた。

（うおお……手コキ……手コキしてもらっている）

女性に生チンポを触ってもらうのは、初めての経験だった。

しなやかな指によって、分身の表皮が甘くこすられて、ペニスの芯が熱く疼《うず》いていく。

自然と腰がガクガクと震え、会陰《えいん》がひりつくほどの快楽がせりあがってくる。

「あっ……あっ……だめですっ、玲子先生……！」

身体が小刻みに痙攣《けいれん》して、目の奥がぼやけた。

ふわっとした高揚感に、もう理性が利かなくなっていた。

あっ、と思ったときだ。

春人は射精してしまっていた。

だが玲子は経験豊富な人妻だった。男の生理がわかっていたのだろう。

咄嗟《とっさ》にそばにあったティッシュを何枚も抜き、春人の切っ先に被せて、ソファが汚れるのを防いでいた。

「く……うう……」

どく、どくっと熱いザーメンがティッシュに吐き出されて、脳がグズグズになるほどの快美が全身を痺れさせていく。

気がつけば、腰が抜けるほどの倦怠感《けんたいかん》とともに、栗の花のようなツンとした匂いがあたりに漂っていた。

4

「ウフフ……いっぱい出したのね。いい子ね」

玲子はティッシュを広げて見て、甘くかすれた声で言いながら微笑む。

広げた中を見れば、ねばっとしたヨーグルトのような精液が、たっぷりとたまっていて、春人は恥ずかしくなった。

玲子はそのティッシュを丸めてゴミ箱に捨て、上目遣いに訊いてくる。

「気持ちよかった？」

「も、ものすごく……こんな気持ちのいい射精初めてで……あっ……す、すいませんっ。僕ばっかり気持ちよくなって」

春人は気がついて、慌てて頭を下げる。

一方的に気持ちよくさせてもらったが、自分も玲子先生を癒やしてあげたいという気持ちが湧きあがる。

でも、癒やすって……どうやればいいんだろう？

と思っていると、玲子が身体を寄せてくる。

大きな生のおっぱいが揺れている。どきどきする。

すると玲子が春人の右手をつかんで、乳房に導き、

「少し落ち着いた？　ウフフ。いいわよ、触って。さっきから、ずっと見てたんだもんね。私も気持ちよくしてみて」

「えっ……あっ……は、はい……」

い、いよいよだ。

先ほどから触りたいと思っていたおっぱいに、震える手のひらを持っていき、おずおずとふくらみに軽く指を食いませる。

「う……あん……」

それだけで玲子は鼻にかかった声をあげ、切なそうに見つめてくる。

（お、おっぱい……人妻のおっぱい……や、柔らかい）

手のひらに収まりつかないほどの巨乳で、むぎゅむぎゅと揉みしだくと、乳房のしなりをつぶさに感じる。

「ううん……」

玲子が気持ちよさそうに身悶える。

指がどこまでも沈みそうな軟乳を、形をひしゃげるほどたっぷり揉みしだいた。揉んでいるだけで股間が痺れてくる。

出したばかりだというのに、萎《な》えていたペニスが反応する。憧れのおっぱいだ。もうとまらなくなって、気がつけばむしゃぶりついていた。

「あんっ……」

玲子がピクッと震えて、顎をせりあげる。

上目遣いに反応を見ながら、さらに小豆色の乳頭部を舌でねろねろとあやして、乳暈ごとぱっくりと咥《くわ》えて、チュウウと吸い立てる。

「あっ……あっ……」

玲子はさらに甲高《かんだか》い声を漏らし、びくっ、びくっと細身の身体をひくつかせる。

(か、感じてる。きっと感じてるんだ)

もっと気持ちよくさせたいと、春人はソファに玲子を仰向けで押し倒し、ぐいぐいと右手で乳肉を揉みながら、舌を素早く動かして乳首を舐める。

「あんっ……いいわ……もっと……ああんっ」

玲子の気配が変わってきた。

舐めていると、乳首が硬くなってきて、腰がもどかしそうにくねりはじめる。

びくん、びくんと震える回数も増え、ついには、

「あンッ……だ、だめっ……そんなにしたら……待って……あっ、あっ……」

と、引っ切りなしに甘い声をあげ、おっぱいをせり出すように背をぐっとしならせてきた。

「ああ……れ、玲子先生……」

乳首から顔を離し、玲子の顔を見る。

「ウフフ……あん……すごいわ、もう大きくなってきた」

玲子は下からさわさわと分身を撫でてくる。

半勃《はんだ》ちペニスが、一気に硬くなっていくのがわかる。

「うふんっ……硬くて熱いわ……私とヤリたいって、うずうずしてる。でもダメよ。入れるのだけはだめよ。ガマンしなさい」

挑発的なことを言われ、竿《さお》をシゴかれた。

「ああ、れ、玲子先生っ。そんな風に言わないでっ。ホントに襲いたくなります」

「だめよ。キミのお医者さんよ。患者と医者。そんなことしたら許さないわっ」

そう言うくせに、チンポをシゴく手がゆったりしてきて、根元や亀頭冠のくすぐったいところを指で弾《はじ》き、春人をまた昂《たか》ぶらせにかかってくる。

「くうう……そんな風に……したら、玲子先生が欲しくなります」

「ううん、もう……聞き分けのない子。だめって言ってるでしょう……あンッ」

充血した赤くなった乳頭を指でひねると、玲子がすごい勢いでのけぞりかえった。

「あっ……あっ……い、いやっ……」

玲子がかぶりを振った。

今の「いや」は感じてしまったことに、恥ずかしくなったのだ。

春人は円柱にせり出した乳首を指でこねくりながら、もう片方の乳首を、ねろねろ舐める。

乳暈に鳥肌のようなぶつぶつが現れ、玲子の身体がビクンと大きく揺れる。

「い、いやっ……ああんっ……」

やはり感じている。

それは、玲子がもう喘ぎ声しか出せなくなり、身をよじりまくっていることから丸わかりだ。

「ああっ……それ、だめっ……」

玲子が、「めっ」と子どもをしかるような顔をする。

だがいつもの切れ長の涼しげな双眸《そうぼう》は、妖《あや》しくぼうっとかすみがかっていて、なんとても淫らがましい。

(ああ……色っぽくてたまらない、AVと一緒だ……)

汗ばみ、ピンクに上気した美貌は、女優が感じたときに見せる顔と同じだ。

いや、玲子はもっとキレイだから、もっとエロい。

さらに気持ちよくさせたいと、ちゅぱちゅぱ乳首を吸っていると、感じまくっていた玲子がハアハアと息をこぼしつつ、春人の髪をくしゃくしゃにしてきて、

「いやん、おっぱいばっかり……いじわるね……下も……ちょっと見るだけなら、いいわよ」

言われてハッと気づいた。

「いいんですね」

許しを得たので、乳房を揉んでいた手を脇腹から、太ももに這わせていく。

「あっ！」

玲子がビクッと大きく腰を震わせた。

春人の手が内ももの敏感なところをとらえたのだ。

もうガマンできず、春人は身体をずりずり下げていく。

股間に近づけば、ふっさりした恥毛の下に盛りあがった肉の土手があった。よくわ

からないけど、もりまんってヤツだろう。

その真ん中には魅惑のスリットがあり、うっすら開いて、ピンクの花びらの中身が見えていた。

「す、すごい……」

春人は猛烈に昂ぶった。

お、女の人のアソコだ。生のおまんこだ。玲子先生のおまんこだ……。

クラクラして、息苦しくなる。

じっくり見つめていたのがわかったのか、玲子が、

「いやだ……もう……」

と身をよじって、横向きになった。

(おお……)

春人は、身体を起こして横たわる美人女医のオールヌードを改めて見つめた。

すらりとしたプロポーションで、腰はキュッとくびれている。

だが横乳はすさまじく盛りあがり、その細腰から急激にふくらむヒップと太ももは、熟れた人妻の官能美がムンムンとあふれている。

「み、見せてくださいっ。気持ちよくしますから」

興奮でよくわからないことを叫びながら、春人は覆い被さって、玲子を仰向けにしてから、両足をぐいと持ちあげた。

「あああ……な、なにするのっ」

玲子は抗《あらが》う。

しかし、春人はかまわず美人女医をM字開脚させて、じっくり女性器を眺める。

(ううう、これはエロいっ……)

両足を大きく開いているから、恥部がばっちり見えた。

大きめの肉ビラの奥に、赤く色づく果肉がはちみつをまぶしたように、ぬめぬめと光っている。

むせるような甘い肌の匂いに、川魚のような臭みが立ちこめる。ツンとするが、嗅ぐとなんだか股間がビクビクする、いやらしい臭気だ。

「ああっ……待って、見ないで……」

玲子が恥じらった声をあげて、腰を逃がそうとする。

可愛い。普段の凛《りん》としたクールビューティな姿とのギャップに、春人はひどく燃える。

「ま、待ちませんよ。すごい……濡れてる……」

「い、言わないで……あっ！」

玲子が腰を震わせて背を浮かせた。

ぬめっとした狭間を、春人が舌で舐めたのだ。

（うっ……ピリッとして、キツイ味……ああ……だけど吸い寄せられる）

頭が痺れるほど刺激的な味だった。

そして、性的な興奮をかき立てる味だ。

潤んだ陰唇を上下に、ねろり、ねろりと舐めれば、膣《ちつ》からまた新たな愛液がこぼれてきて、

「……あぁぁ……っ」

と玲子は気持ちよさそうに喘いで、Ｍ字に開いた脚を震わせる。

上目遣いに見れば、餅のようなおっぱいが揺れ弾《はず》んで、その狭間に凄艶《せいえん》たる美貌が喜悦に歪みきっている。

もっと舐めようとすると、上部に小豆があった。

クリトリスだ。

ぺろっと舌で舐めれば、

「ハア……ハア……アアんッ」

玲子はいっそう甲高い声を漏らし、ソファの上で一糸まとわぬ裸を波打たせる。
続けざまにそこを舐め、唇に含んでチュッと吸えば、
「ンッ！　あっ……あっ……だめっ……」
と、グーンと背中をしならせる。
「ああ……感じてるんですね、玲子先生……」
玲子の顔を見れば、恥じらいととまどいが混じった表情だった。
ハアハアと息を荒げて、全身から汗ばんだ匂いを放っている。
(欲しいんじゃないか……？)
そんな風に思ってハッとした。
そうだ。ここに……この穴にチンポを入れれば、玲子先生とつながれる。
いまさらながらドキッとする。
それだけはダメッ、と言っていたが、いまなら……。
ヤレる……玲子先生とヤレる。
憧れの美人女医を、三十八歳の美熟妻を、自分のものにできる。
本能が、理性を突き飛ばした。
ここに挿入すればいいだけじゃないか。

鎌首《かまくび》がムクムクともたげて、全身がカアッと熱くなる。

大丈夫、今なら……玲子先生は気持ちよくなっている……。

なんだかだまし討ちみたいだが、自分だってもうヤリたくて限界なのだ。

「れ、玲子先生……」

春人は背中に手をまわし、玲子に抱きついた。

「あっ……だ、だめっ……」

弱々しく、玲子が口を開いた。

見れば、表情が哀《かな》しげに見えた。「あなた、ごめんなさい……」と顔に書いてあるようで、春人はキュンとした。

間違いない。

玲子も奥まで入れられることを望んでいる。

だが、人妻の貞淑さも忘れていない。

迷っている。

だけど、こっちはヤリたくてしかたない。

玲子を見ると、彼女は横を向いて、目をギュッとつむった。

（こ、これは……男に貫かれるのを待っているのではないかっ……）

もういくしかない。

「れ、玲子先生ッ！」

叫びながら、チンポをワレ目にあてがった。

「ンンッ……」

玲子がさらにギュッと目をつむった。身体が強張っている。

いけ、入れるんだ……そう思ったのに、へんな罪悪感が襲ってきた。

人の妻とヤってもいいものなのか……。しかも玲子先生は欲しがっているように見えるが、口では「ダメッ」と拒否をしている。

気がつくと、あれだけギンギンしていたものが、なよっとしてしまって、うまく入らなくなっていた。

「あ、あれ……」

春人が慌てていると、玲子が目を開けて上体を起こす。

「どうしたの？」

「れ、玲子先生……あれ？　へんだな……どうして」

何度入れようとしても、切っ先がふにゃっとしてしまう。

「小さくなっちゃったね」

玲子がウフフと笑って、裸体を引いた。

そしてソファの上にちょこんと座ると、前傾して春人の股ぐらに顔を寄せてきた。

「え……れ、玲子先生……な、なにを」

春人もソファに座りながら、「くうう」と奥歯を嚙《か》みしめた。

いきなり玲子が怒張を頰張ってきたからだ。

(うわあああ……)

温かな口粘膜に、ペニス全体が包まれる。

フェラチオをされたのは初めてだった。

気持ちいいなんてもんじゃない。とろけそうだ。

排泄用の汚い性器の先を、美しい女医が口に含んでいる。

興奮で痺れた。痺れきった。

春人は腰をビクビク震わせる。

「……んぅぅぅん……んんっ……」

玲子は勃起の根元を持ち、シゴきながら、じゅる、じゅるると唾液の音を立てながら顔を打ち振り、吸いあげてくる。

「んあああ」

あまりの気持ちよさに、春人は天を仰いでいた。

「ン、んふっ」

玲子が口に含んだまま、噎《む》せた。

春人のペニスが、口の中で大きくふくらんだからだろう。

玲子は上目遣いに、じろっと目を向けてくる。

切れ長の双眸が歪んでいる。

ちょっと苦しそうに眉間に縦ジワを刻んでいる。

だがそれでも頰張ってくれている。

さらさらした玲子の前髪が春人の陰毛にさわっている。

玲子が顔を打ち振るたびに、唾液まみれのチンポが口から出たり入ったりを繰り返しているのが見える。

「あ、ああ……すごい……気持ちよすぎますっ……」

春人はガクガクと身体を震わせて、感じいった声を漏らす。

玲子が再び見あげてきて「ムフッ」と微笑んだ。

そうしてまた唇を滑らせて、亀頭のエラの部分や裏筋を、ぺろぺろ舐めつつ、じゅぽっ、じゅぽっ、と唾液の音をさせて、大きくしゃぶってきた。

「うう……くううううう」

キャンデーみたいにたっぷり頬張られて、小水の出る鈴口まで舌で舐められたときだった。

身体の奥から、ジンとした甘い痺れがふくれる。

全身が、ぶるる、と震えた。

「あっ……だっ、だめですっ、それっ……で、出ちゃう」

くううう、と春人は声を絞り出したまま、ペニスを引こうとする。

だが、玲子は春人の尻をつかんで引き寄せて、じゅるるる、と音を立てつつ、さらに根元まで頬張ってくる。

「ああ……だ、だめっ」

ガマンなんかできなかった。

気がつくと、玲子の口中に、どくっ、どくっ、と注ぎ込んでいた。

(き、気持ちいい……)

このまま意識がなくなってしまいそうなほどの陶酔に包まれつつも、びゅっ、びゅっ、と長い射精を続ける。

しかし、すぐにハッと気づいた。

(あっ、ああ……れ、玲子先生の口の中に注いじゃった……)

しまった、と思っても遅かった。

女性の口の中にイカ臭い、あのザーメンをぶちまけてしまった。

しかもだ。

相手は、院内でも超のつくクールビューティな人妻女医である。

その彼女に口内発射してしまったのだ。

(お、怒られる)

最初に思ったのはそれだ。

だが玲子はペニスから口を離さずに、それどころか、ズズッ、と最後の残滓《ざんし》までを啜《すす》るように吸い出してくれた。

「くう……」

春人は腰をくねらせる。

芯までくすぐったくて、もう身体がぞわぞわして身悶えてしまう。

しばらくして、玲子がゆっくりと、ペニスから口を離した。

つらそうに眉をひそめつつ、頬をふくらませている。

(ま、まさか……)

と、思っていたら、玲子の口端からツウーッ、とねっとりしたザーメンが垂れこぼれてきて、ボタッ、とソファに落ちて円を描く。

「わ、わあ……口の中に出して……ご、ごめんなさいっ……」

春人がひたすら謝る。

すると、玲子がリスみたいに頬張らせながら、ウフフと含み笑いした。

そうしてゆっくりと口を開けて、見せてくる。

（あ、ああ……）

玲子の口の中が、白濁液でいっぱいになっている。

あんなに濁って汚いものが……だけど……。

美女の口中に注いだという高揚感が、春人を興奮させる。

そのすさまじいまでの優越感に、春人は出したばかりだというのに、萎えた勃起をまた疼かせてしまう。

「い、今……ティッシュを……」

すると、玲子が首をふり目を閉じる。

唇を真一文字に引き結んで、すぐにゴクッ、ゴクッと喉を動かした。

「あ……ああ……」

（僕の精液を呑んでるっ……玲子先生が……美人女医さんが。ああ、あんなに臭いザーメンが玲子先生の身体の中にッ！）

ンッ……と最後まで呑み込んでから、玲子が目を開けて、ふっと笑った。

玲子の口から栗の花の匂いが、ふわっと立ちのぼった。

美貌が赤らんでいて、すごく色っぽい。

「の、呑んだんですかっ」

「あら……だって、男の子って、呑んであげたほうが嬉しいんでしょう」

抱きしめたくなるくらい、愛らしいことを言われた。

もう一回抱きしめたかったけど、それをしたら歯止めが利かなくなって、絶対に挿入してしまうだろう。

「に、苦くなかったですか？」

恐る恐る訊いてみた。

すると玲子は、困ったように見つめてくる。

「ウフフ、苦かったわよ、青臭くって、どろっとして喉にへばりついて、ううっ……てなっちゃったわよ……でも……」

そこまで言って、玲子が顔を近づけてくる。

「キミのを呑んだ口でも、いい？」

囁かれて、えっ……と思った隙に、また唇を奪われていた。

キスしたあとに、玲子はまたウフフと笑った。

「苦いけど、キミのなら……呑んでもいいかなって思えたのよね。まあ嫌いじゃないし、好きな人のはいいかなって」

「え、それって……」

好きって言った。

ライク？

まさか、ラブの好きか？

春人がたしかめようとすると、玲子が先に立ちあがった。

「さ、戻らないと。明日から、さっき私がお願いした仕事をよろしくね」

玲子は美貌を引きしめて、落ちていたパンティとブラジャーを身につけはじめた。

「あ、あの……玲子先生、今、好きって……」

おそるおそる訊いても、彼女はウフフとイタズラっぽい笑みを浮かべてみせるだけだった。

第二章　人妻受付嬢へ性感マッサージ

1

玲子の依頼は、疲れた病院の女性たちを癒やすというものだったから、彼女がいろいろお膳立てしてくれるのかと思いきや、

「事前にセッティングして内容を相手に説明したら、みんな恥ずかしがったり、いやがったりするでしょう」

と、もっともなことを言われた。

つまりだ。

この奥手の人間に、自分から女性に声をかけろと言っているのである。

（……できるわけないでしょう、玲子先生……）

何度も無理だと言ったのに、キミならいけるわ、と、なぜかそんなことを言う。
それよりも、玲子先生とエッチしたかった。
ああ、あのとき。
もう少しだったのにな……でも、玲子先生、ちょっと哀しそうな顔してたよな。
やっぱり旦那さんが、好きなんだろう。
『ウフフ、好きな人のは苦くないって言うもんね』
でも、甘い声で言ったその言葉が、三日経ってもまだ耳に残っている。
(なんだろう……好きって……僕のこと、ラブってことか……まさか)
だがもちろん、春人にその言葉を確かめる度胸はない。
ただ悶々と玲子の香りや、おっぱいの感触、アソコの濡れ具合や匂いや味、そして
フェラチオの温《ぬく》もり……それを思い出すだけだ。
ちなみに春人はもうすっかり術後の経過もよくなっていて、あと一週間もあれば退
院できるとのことだ。
だが玲子は「もうしばらく居させてあげるから」と、医師らしからぬ不穏なことを
言っていた。
(さて……ああ、あの人、沙織《さおり》さんっていうんだ)

春人は入院着の上にトレーナーをひっかけた、ベテラン患者みたいな格好で受付の椅子に座り、ちらちらとインフォメーションブースにいる案内嬢を見た。

あの人こそが、玲子から癒やして欲しいと言われた相手である。

名前は、清家《せいけ》沙織。

S病院内のナース、女医部門でトップクラスにキレイなのが玲子や琴美だとすれば、受付部門で一番は間違いなくこの沙織である。

近くにあった病院が最近閉鎖になり、ここS病院に来る患者が大幅に増えて、患者の案内をする彼女もかなりお疲れ気味であるらしい。

玲子の資料によると、三十歳の人妻。

結婚五年目で、子どもはまだとのことである。

(あのキレイな受付の人……人妻だったのか……そうは見えないなあ)

胸元にリボンのある白いブラウスに、ピンクのチェックのベスト。頭にもピンクの丸い帽子。

高級百貨店のエレベーターガールのような制服を身につけた沙織は、気品ある色気を醸し出していて、清楚で奥ゆかしいお嬢様めいた雰囲気だ。

色の白い瓜実顔《うりざね》に大きなアーモンドアイ。

睫毛が長くて、鼻筋がスッと通って薄い唇がいかにも上品だ。

帽子の後ろから肩までの、つやつやした光沢を持つ長い黒髪が、お嬢様によく似合っていた。

見ていると、沙織が資料を持って立ちあがり別の受付の場所に歩いていく。

ベストとブラウス。下はタイトなミニスカートという組み合わせだ。

スカートからのぞくふくらはぎがキュッとしまっていて、全体がスリムなスタイルであろうことがわかる。

そしてスリムなのに、太ももはムチッとしている。

ご丁寧に玲子の資料にスリーサイズが書いてある。
八十六、五十六、八十八。バストはＦカップ。
Ｆカップでウエスト五十六って……いわゆるスレンダー巨乳ってヤツだ。

実際に見ると玲子や琴美よりは胸の大きさはそれほどでも……と思うのだが、それでもベストの胸元は悩ましいほど色っぽく盛りあがり、ツンと上向いたところから、かなりの美乳であることを想像できる。

そしておそらく、ふたりよりウエストが細い。

三十路《みそじ》の人妻なのに……スレンダー巨乳。

顔は清純っぽいのに身体つきはすごくエッチだ。このギャップがたまらない。

などと、いろいろ妄想しているときだ。

沙織がこっちを見た。

いやらしい目で見ていた春人は、慌てて目をそらす。

だが、向こうはなぜかこっちに近づいてくる。

(は……？　え……？)

目の前にきた。思った以上に胸が大きくて、ちらっと見てしまう。

だが彼女は、それを咎めるためにきたのではないらしい。

「あの……高宮さんですよね」

「え？　あ、は、はい……」

返事をすると、沙織はホッとしたようにはにかんだ。

「黒木先生から聞いてます。すごくマッサージがお上手って……」

「え？　あ、はい」

(あ、そこまではセッティングしてくれるんだ)

ちょっとだけ安堵した。

「じゃあ、明日の夕方でいいですか？　十八時くらい」

「え、あの……なにをです？」

きょとんとした顔をすると、彼女は上品に口に手を当てて、クスッと笑った。

「ですから、マッサージ」

「え？　ああ、そうか……」

そうかマッサージに決まってるよな。

頭をかくと、沙織がまたクスクス笑う。

「ごめんなさい、笑っちゃって。黒木先生が高宮さんのこと、すごく面白い人って念を押すもんだから……」

なんだそれは。

でも、それでちょっとだけリラックスできた。

「ひどいな、玲子先生。僕のことずっと怒ってるんですよ」

「フフ。でも、高宮さんのこと、すごく信頼されてましたよ。悩みがあったら、いろいろカウンセリングしてもらったらいいって」

（いや……玲子先生……僕には無理ですよ。ハードルあげすぎじゃないですかっ）

二十四歳のほぼ童貞が、女性の悩み相談なんかできるわけないって。

そのとき、案内ブースに人が来たのが見えた。

沙織も気づいて、その人に向かって頭を下げた。

「それじゃあ、すみません。明日十八時にカウンセリングルームで」

そんな部屋があるんだ、と思いつつ、

「わかりました、よろしくお願いします」

と話を合わせると、沙織は上品に笑って戻っていった。

後ろ姿のスカート越しのお尻が、歩くたびに左右にぷりっ、ぷりっと揺れているのを見つめて、明日のことなのに股間が早くも火照《ほて》ってきてしまった。

2

カウンセリングルームは、この病院の職員専用らしい。

ベッドと机があるだけの殺風景な部屋は、なんとなく保健室を思い出させる。

玲子から「自由に使っていい」とこの部屋の鍵を預かった春人は、勝手に中に入って椅子に座り、ずっとドキドキしていた。

あの美人の受付嬢をマッサージするのだから胸が高鳴るのも当然だ。

(だけど……そこからエッチに持ってくなんて、現実的じゃないよなあ)

いやでも……あのクールな玲子先生にだって、エッチな雰囲気に持っていけたんだ。マッサージして性感のツボを押せばいいんだ。自信を持てっ。

などと悶々としているときに、コンコンとドアをノックする音が聞こえた。

き、きたっ！

「ど、どうぞ」

声がうわずった。

落ち着くように深呼吸する。

「失礼します」

沙織が入ってきた。

今日も美人だ。顔が火照《ほて》る。

胸元にリボンのある白いブラウスに、ピンクのチェックのベスト。頭にもピンクの丸い帽子。

いつもの制服姿なのに、ふたりきりの密室だと妙にエッチに感じる。

いや、本当に落ち着け。嫌がられるぞ。

沙織は帽子を取って頭を振った。

黒髪がさあっと広がって、肩までのストレートヘアになるとまた、深窓の令嬢めいた清楚な雰囲気が強くなる。ドキッとした。

「すみません、マッサージを患者さんにお願いするなんて」

「い、いえっ……と、とりあえず、ベッドに……」

「え？　いいんですか、このままで？」

沙織が自分の制服に目を落とした。

着替えなくてもいいのかと訊いてきている。

「シーツにバスタオルを敷いてますから」

そう答えると、沙織は「じゃあ」と制服のままベッドに近づいてきた。

「うつ伏せでしょうか？」

沙織が訊いてくる。

「ええ、そうですね。うつ伏せで」

春人が言うと、沙織は院内用のサンダルを脱いで、いそいそとベッドにあがっていった。

「ベストは脱いだ方がいいですよね」

ぬ、脱ぐ……。

その言葉だけで、気もそぞろになった。

沙織はなんの躊躇《ちゅうちょ》もなく、その場でベストのボタンを外して、肩から抜いた。
リボンのついた白いブラウス一枚だ。
いやでも大きな胸元に目が吸い寄せられる。
あれ？　この人もおっぱい大きいぞ……。
（しかし、なんて無防備な……）
と思ったが、玲子のおすみつきだから安心しているのだろう。
同時に男と思われていない気もして、ちょっとがっかりする。
沙織がうつ伏せになった。
（くうう……ほ、細いっ）
ブラウス越しに見える腰の細さが、なんかもう同じ人間に見えない。
きっと脱いだらもっと細いのだろう。
でも、細いだけでなく、身体全体がエッチだ。
細腰から急激にふくらむヒップラインが、たまらなくそそる。
そしてタイトミニからのぞく太ももが肉感的で、意外にたくましい。
（さ、触ってみたい……）
薄い入院着だから、勃起するとすぐにわかってしまう。見えないように勃起の位置を直す。

春人もスリッパを脱いでベッドにあがり、寝そべった沙織の横に座った。

「そ、それじゃあ腰からいきますね」

「はい」

枕に口紅がつかないようにだろう、沙織が横を向いて目をつむっている。

瑞々しい唇だった。

このままキスしたいくらいだ。

(いかん……)

真面目にやろうと、震える手で玲子直伝の性感のツボを揉んだときだ。

「んっ……」

うつ伏せの沙織がピクッと反応した。

(え……も、もう?)

いや、単なるくすぐったがりなのかもしれない。

もっと強く揉んでみる。すると、

「あっ……んんう……」

沙織の横顔が悩ましげに歪み、タイトミニのお尻がよじれて、さらに裾がズリあがった。

（う、うわっ）

ムチッと張りつめた太ももが、キワドイところまでが見えていた。

腰が折れそうなのに、太ももはムチムチだ。

このへんが実に色っぽい。

やはり三十路の人妻はエッチだ。

たまらなくなって、ちょっと屈んで見ると、スカートの奥にちらっ、とパンストにつつまれた白いものが見えた。

（パ、パンティ……見えたぞ、美人受付嬢の下着ッ……やっぱり清楚系だ。純白だ……）

人妻のパンティというのは、どうしてこういやらしいのだろうか。

しかもお嬢様っぽい清純パンティは、いまどきレアである。

（ああ……まずい……）

静まれと思うのに、股間が突っ張ってきてしまう。

と閉じていた沙織の目が開いた。

潤んだ瞳がぼうっと宙を見ている。

目の下もピンク色で、唇が半開きになっている。

うわあ、なんかエッチな表情になってきたぞ。

(な、なんか言おう……気まずいぞ)

沈黙に堪《た》えられず、訊いてみる。

「あ、あの……どうですか？」

訊くと、沙織はハッとしたような表情をして、恥ずかしそうに苦笑いした。

「お上手なんですね。気持ちいいです……すごく……」

肩越しに見つめられた。

もっとして、と濡れた表情が訴えている。

「だいぶ凝ってますね、最近患者さんが増えてきて、大変だって聞きましたけど」

指圧しながら世間話を装う。

「う……ううんっ……そ、そうですね……」

沙織の小さな口から、ハアハアと甘い吐息が漏れてくる。

くすぐったいのか、それとも感じているのか、スリムな身体がなんともじれったそうに悶えている。

うぐっ、エロい。

ヨダレが出そうになり、慌てて袖《そで》で拭く。

「ご結婚されてるんでしたっけ」

「ええ……もう五年になります」

おやっ、と思った。なんだか気まずそうだ。

結婚して五年といえば、「まだ五年」の気がする。

しかし沙織は「もう」と言った。

やはり玲子が言うとおり、夫婦仲がよくないのだろうか。

「僕、結婚願望があるんです。いいよなあ、結婚」

嘘である。

そんなこと考えたこともない。

沙織が肩越しにこちらを見つめてきた。

「いいことも悪いこともありますよ。じゃあ、高宮さんは、お相手が」

「いえ、いません。つきあったのもひとりだし……経験もゼロ……」

うう、恥ずかしい……。ホントは女の子を抱いたこともあるんだけど。

だけど玲子がそう言えというのだから仕方がない。

沙織がクスッと可愛らしく笑った。

「でも、結婚したいのね」

「はい。まあその前に彼女なんですけど……全然できないし、もう童貞のまんま終わっちゃったりして」

なんなんだ、この会話。

顔が真っ赤になってきた。

だけど、沙織は春人を慈しむような目で見つめてくる。

春人はドキッとして、思わず唾《つば》を呑む音をさせてしまった。

（うわっ、やば……）

取り繕《つくろ》おうとしたら、沙織がくるっと身体を回転させてこっちを向いた。

「え……あっ！」

驚いた。

沙織の右手が、春人の股間のふくらみを撫でてきたからだ。

あわわわ、としていると、沙織がとろんとした双眸で見つめてくる。濃厚な人妻の色香に春人は股間をさらにギン、と硬くしてしまう。

「あんっ。大きくしてる。私の身体、興奮しちゃう？」

清純そうな人妻から、挑発的な言葉が出る。

「そ、それはもちろん……」

「ありがとう。可愛いわ、高宮さんって。夫がね、最近あんまり抱いてくれなくって……魅力がなくなっちゃったのかなあって。キスもしてくれないし」

「そ、そんなこと……きっと疲れているのを心配してるんですよ。患者さんが増えてきて、今は大変だし……だから旦那さんも……」

沙織の旦那のことは知らないから、適当なことを言った。

だけど彼女は、力強く「うん」と頷いてくれた。

よくわからないが、春人も「そうですよ」の気持ちを込めて「うん」と頷いた。

ふたりで頷く。

滑稽だった。ちょっと笑ってしまう。

「ウフフ……ホントに可愛い」

大きなアーモンドアイが、柔和に細められた。

なんだか酩酊《めいてい》しているような感じだ。玲子のときとまったく一緒である。やはり教えられたツボは絶大な効果があったようだ。

ということは……。

「あんっ……私、なんだか……」

沙織がふらっと前のめりになる。

春人は慌てて抱き寄せる。

(う、うわっ……沙織さんを抱いちゃった)

制服の似合う、S病院のナンバーワン受付嬢である。

そんな彼女が今、手の中にいる。

(やっぱり細いっ)

片手で腰をつかんでいるのだが、片手で腰の半分くらいをつかんでいる。

それなのに、ギュッと抱きしめていると、妙な重みを感じた。

(沙織さんのFカップバスト……おっぱい、すごいっ)

薄い入院着越しに、双乳の押しつぶされるすさまじい迫力。春人はぼうっとして息もできなくなる。

「あ、あの……ンッ!」

大丈夫ですか、と言おうとしたら、沙織から柔らかな唇を押しつけてきた。

(う、うわわッ……キ、キスッ)

しかもだ。

慌てていた春人の唇のあわいから、ぬらあっ、と舌が差し込まれる。

（こ、これはもう、エッチするときの、本気のディープキスだっ）

まだ頭がついていかなくて、いけないと思いつつ、こちらからも舌を出してわざとからめていってしまう。

ちゅっ、ちゅくっ……ちゅっ……。

「……ンンゥ……んんっ」

美人受付嬢の甘い唾液と舌のねっとりした感触に、とろけるように舌を動かしていると、沙織は突然すっと春人から離れた。

「あっ……やだっ……私……」

沙織はハッとしたように口元に手をやって、恥ずかしそうに顔をそむける。

だが、発情のツボは効果てきめんだ。

「大丈夫ですか？」

春人が近づくと、沙織はかぶりを振って立ちあがろうとする。

だがベッドの上だからバランスを崩して、再びこちらにしなだれかかってくる。

「ご、ごめんなさい」

美貌が近い。甘い体臭に混じって、温かい呼気も感じた。

ここで顔をそむけてはだめだと、春人も真っ直ぐ見つめた。

沙織が潤んだ瞳で見つめ返してくる。

「……私と、したい？」

「え……」

そのとき、あっ、と思った。

また入院着の股間を、すりすりと沙織が撫でている。

「これ、私で……ずっと大きくしてくれてるんでしょう？　私が初めてになったら、高宮さんって、後悔するのかしら」

ごくっ。唾が喉を通った。

本当はセックスの経験は一度あるのだが、酔っていてよく覚えていない。

だから、いいんだ。

これが記憶にある一度目になるっ。

「後悔なんかっ……沙織さんが初めてになったら、死ぬまで覚えてますッ」

威勢よく言ったが、大げさじゃない。

こんな美人の人妻とエッチできたら、もう一回盲腸になって、痛みでのたうちまわったってかまわない。

「……ああんっ、入院患者さんと、そんなことしちゃいけないのに」

と言いつつも、沙織が再び顔を寄せてくる。

今度は引かれ合うように、ふたりで唇を重ねる。

どちらも望んだキスだ。

「ううん……んんっ……」

ねっとりと舌をからませ合い、お互いの舌でもつれさせる。

やがて甘い唾液が口の中に流し込まれる。

(沙織さんのツバ……甘い……)

温かなツバをこくんと呑み下した春人は、思いきって頬をすぼめてツバを送り込んだ。

「……んぅぅ……」

すると、人妻は嬉しそうに喉を開いた。

唾液の交換によって、もう好きにしていいとの許しを得た気がした。

「高宮さん……春人くんのツバ、美味《おい》しいわ……」

名前を呼ばれて、びっくりした。

「は、春人って……あの、なんで僕の名前……」

「昨日、カルテを見ちゃったの。二十四歳。童貞くんでしょ」

「カルテに童貞なんて……書いてないですよね？」

ウフフと笑って、沙織が両手を首にまわして見つめてくる。

ああ、もうこれ、恋人同士だッ。

「うん、書いてないわよ……でもそうなんでしょ」

「も、もうすぐ童貞じゃなくなります」

思いきって、大胆なことを言う。沙織が目を細める。

「あんっ……またここが大きくなったわ。春人くんのオチンチンが、私の中に入りたいって、ビクビクしてる」
オ、オチン……。
清楚な人妻の、大胆な台詞《せりふ》に戸惑っていると、また唇を奪われた。

春人は沙織のスリムな身体を抱きしめて、ベッドの上でからみ合いながら、濃厚なキスにふける。

「んんッ……ううんっ……んんっ」

角度を変え、ねちゃねちゃと音を立てて、舌をからませる。

玲子とのときもそうだが、やはり相手が人妻だと、イケナイ気持ちが湧きあがってくる。ゾクゾクする。

「ンンッ……」

ようやく唇が離れた。

沙織の唇はリップが剝《は》げている。キスの激しさを物語っている。

「いやだ……私……春人くんが、欲しくなってる」

唾液を光らせた人妻が、ハアハアと肩で息をしながら「いいの？」と見つめてくる。

息がつまるほどの濃厚な色香に、春人はこくこくと頷くしかない。

「私が脱いだ方がいい？　それとも脱がせてみたい？」

「……ぬ、脱がせてみたいです」

せっかくなら自分で好きなようにしてみたかった。

震える手で沙織のブラウスのボタンを外し、前を開くと、アイボリーのブラジャーに包まれた、豊かに隆起した乳房が現れる。

ブラジャーはフラカップで実に高級そうなデザインだった。

あばらが透けそうなほどスリムで、おっぱいだけが異様に大きく見える。

「ああ、すごい……Fカップ」

思わず玲子から聞いた胸のサイズをつぶやいてしまった。

春人はハッとする。

沙織は赤い顔で眉をひそめている。

「なんで私のバストのサイズを……」

「あ、僕の好きなグラビアアイドルが、おっぱいが大きくて、ちょうど沙織さんのと同じくらいで……え、当たりなんですね？」

なんとかごまかすと、沙織が「知らないわ」と突っぱねる。その仕草が可愛らしくてからかいたくなる。

「その反応、Ｆカップは間違いないんですね。きっと八十六センチくらい……」

「いやっ、もう言わないで……」

真っ赤になった沙織が、その口を塞ごうと唇を重ねてくる。

「んっ……んんっ……」

ねっとりと舌をからませながら、春人はブラジャーのカップごと、ぐいぐいっと揉みしだいた。

(うわあ、弾力がすごい)

柔らかく、それでいて指を食い込ませると乳肉が押し返してくる。

これはもう直接触れたいと、春人は沙織の背に手を差し込み、苦労してブラのホックを外す。

カップが緩み、いよいよ沙織の生おっぱいが目の前に現れる。

(おおお……)

春人はキスを外して、沙織の生乳房をまじまじと見つめる。

大きい乳房の中心部に、薄ピンクの乳首が上を向いて鎮座している。静脈が透けて見えるほど白く、乳肉の張りつけ具合が素晴らしかった。

仰向けでも形の崩れない美乳に、春人はそっと指を食い込ませる。

が、食い込ませた指を奥から押し返してくるほどの、たまらない揉み心地にうっとりしてしまう。

「はあっ……あ……ああんっ……ううンッ……」

沙織が切なげに眉根を寄せ、甘い吐息を吹きかけてくる。

その表情を見つめつつさらに揉みしだけば、沙織はますます身悶えして、乳肌にうっすらと汗をかきはじめる。

春人はピンクの乳首にむしゃぶりつき、もう片方の乳首をこりこりと指でつまみあげた。

「ああ……あうぅぅ」

すると沙織は背をしならせて、ますます腰を大きく揺らす。

乳首も大きくなって、シコってくる。

(ああ……これは感じてるんだよな)

嬉しかった。

「き、気持ちいいですか?」

訊いてみる。

沙織はうっすらと瞼を開けた目で見つめてきて、ウフフと笑う。

「いいわよ……すごく。私の身体、春人くんの好きなようにして……

好きにしていい……。

その言葉に頭が痺れた。

猛烈に昂ぶってきて、春人は沙織を抱きしめつつ、脇腹から腰をじっくりと撫でていく。

そして太ももだ。

パンストのぬめぬめした触り心地と、もっちりした肉感的な太もものしなりを手のひらに感じながら、タイトスカートの中に右手を差し入れる。

「あっ……!」

沙織がビクッ、と震えた。

春人の指が、パンティストッキングの薄い皮膜に包まれた、魅惑のVゾーンに触れたからだ。

思いきってタイトスカートを腰までめくる。

パンストのセンターシームの奥に、小さな三角の下着が恥部を覆い隠している。

(沙織さんのおまんこっ……)

春人は夢中になって、腰にぴったり張りついたパンティとパンストに手をかけ、ぐいっと引き下ろす。

「うわあ……うわっ」

繊毛の下にわずかに切れ目があって、そこから赤い身がちらりと見えている。

「い、いやっ！　そんなにじっくり見ないでっ」

沙織が恥ずかしそうに、恥部を手で隠してうつ伏せになる。

「おお……」

生のヒップが見えた。

お尻も、三十路の人妻らしく熟れきっていてムチムチしている。全体的にはスリムなのだが、そのわりに下半身がエロすぎる。

「ああ……すごい」

春人はおずおずと沙織のヒップを撫でてみる。

(は、はちきれそう)

丸々と張りつめた尻丘の感触に、春人は気が遠くなりかける。

「むうう」

気がつけば、夢中になって尻に頬ずりしながら撫でまわしていた。

舐めるように手のひらを這わせて、ねっこく尻肉に指を食い込ませていく。

「あんっ、そんなお尻ばっかり……」

沙織が肩越しにこちらを見て、赤ら顔でクスクス笑う。

「あ、あの……すごくお尻おっきくて……魅力的で」

と言うと、沙織がぷうっと怒った。

「い、言わないでッ……気にしてるのよ、なんかお尻だけ最近大きくなっちゃって、タイトスカートとか穿くとパンティのラインが響いちゃうの」

あ、コンプレックスなんだと、春人は慌てた。

「でも……沙織さんのお尻、好きです。すごく形がよくて、魅力的で」

訴えると、なおも沙織は口元に手を寄せて、楽しそうに微笑む。

「うん……まあ……私のお尻って、ちょっとエッチかなって思うときもあるから。じやあ、待ってて……もっと見やすくしてあげる……」

そう言うと、沙織は春人を仰向けに寝かせ、タイトスカートを大きくまくり、ノーパンの尻をこちらに向けてきた。

（え……？　ええ……？）

戸惑っていると、春人の上で四つん這いになった沙織が、シックスナインの格好で春人の顔に跨がってきた。

（おおおお！）

ものすごい光景だった。

目の前に、巨大な桃のようなヒップが突き出されている。

ゆ、夢か。夢じゃないのか？

春人は沙織の桃割れから漂う、獣じみた発情の匂いに襲われた。

ツンとするような酸味のある匂いに、くらっ、とする。

尻割れの間のセピア色の窄《すぼ》まりに興奮しつつ、その下の恥肉のワレ目の状態に、春人はびっくりした。

ピンクの女の園が、すでにねっとりとした粘膜をまとっていたのだ。

（ぬ、濡れてるっ……）

そおっと指でワレ目を広げて、内側にある桃色の粘膜をさらけ出すと、奥からはトロッとした蜜があふれ、湿った女の匂いを強くする。

「あんっ！　や、やだっ、広げるなんてっ」

びくっ、びくっと沙織の腰が揺れて、大きな尻がくなくな上下に動く。

あの清楚な、愛らしい受付嬢が……。

お嬢様めいた上品な人妻が……。

アダルトビデオも真っ青の過激なことをするなんてっ。

エッチな気分が昂ぶり、鼻息が荒くなる。

「さ、沙織さんっ、広げちゃいます。恥ずかしい部分を見ちゃいますっ」

「あんっ、春人くん、お尻が好きなんじゃなかったの……ああんっ、すごい、目の前であなたのオチンチンが、ピクピクしてる」

シックスナインの体勢で、いよいよパンツが下ろされて、硬くなった肉竿が沙織の手に握られた。

そのまま指で、勃起を上下にこすられると、

「うっ！　ううっ」

春人は軽くのけぞり、呻《うめ》いてしまう。

受付嬢の手コキに感じてしまったのも束の間。

すぐに、勃起の先端にぬるっと温かな舌の感触が襲いかかってくる。

「ああっ！」

沙織の脚の隙間から覗けば、勃起を持った沙織が、愛《いと》おしそうにぺろぺろと春人の勃起を舐めていた。

敏感なカリ首に、受付嬢の舌が這う。

「うわああ……さ、沙織さんッ」

腰が痺れて、全身に電流が走る。

「痛かった？」

髪をかきあげながら、沙織が自分の脚の隙間から、春人を覗き込んでいた。

「ち、違います。き、気持ちよすぎて、おあああ……！」

身体が震えた。

沙織が勃起を口に含んだのだ。

生温かな口内粘膜にすっぽり包まれると、あまりの気持ちよさに春人は激しく身をよじってしまう。

「だ、だめですっ、沙織さんっ、洗ってないのに……チンポが、疼くっ……出ちゃいます」

ペニスの芯が熱くなっている。

本当に射精してしまいそうだ。

玲子とはやり方が違うが、どちらもとろけるほど気持ちよすぎる。

「ンフッ」

こちらを見て、沙織が笑みを浮かべる。

勃起を口から離すと、

「ねえ、春人くんっ、お願いっ……して、私にもしてっ」

甘えるように言いながら、もどかしそうに尻を揺すってくる。

(シックスナインって初めてだけど……よ、ようし……)

こみあげてくる快感をなんとかやりすごしつつ、濡れきった狭間に舌を走らせる。

「んっ……！」

びくっ、として、沙織が腰を震わせた。

しょっぱい味を堪能しながら、桃色の媚肉をねろねろ舐めて、びらびらした花びらも口に咥えて、くしゅくしゅする。

「あっ……あっ……」

するともうチンポを咥えられないくらい、沙織が感じてきていた。ペニスを握ったまま、腰を切なげに揺すっている。

「すごいっ、エッチな味がしますっ……とろとろと愛液があふれてきて、舌がべとべとに……」

「ああんっ、言わないでっ、エッチな味なんてさせてないっ……ああんっ、だめっ……そんなに舐めなくてもいいからっ、だめっ……あんっ、そんなにしたら……」

今度は、だめだと言う。

ということは「かなり感じている」ということだ。間違いない。

もっと舐めてやろうと思ったときだ。

敏感な裏筋を舐められた。こちらも背筋がぞわぞわして、おまんこを舐められなくなる。

「あんっ、春人くんの、洗ってないオチンチンの匂いっ、好きッ」

心が震えるような、沙織の台詞が聞こえた。

(あんなにキレイな受付嬢が……僕のチンポの匂いが好きって……)

燃えるほど興奮した。

負けずにもっと感じさせてやりたいと、春人は舌を伸ばしてクリトリスをねろんと舐めあげた。

「ああっ……あんッ」

ぶるるっ、とお尻が揺れて、肉竿がギュッと握られる。

(やっぱり、クリトリスって感じるんだ)

下から覗き込むようにして、ピンピンに肥大化した肉芽にむしゃぶりつき、チュウウウ、と吸いたくる。

と同時に濡れきったスリットをまさぐり、ぬぷりと膣孔に中指を差し入れた。

「あっ！　ああああっ、だっ、だめぇぇ！」

沙織はさっきより激しく腰を震わせて、勃起を握る手に力を込める。

「ど、どろどろですよ、沙織さんっ」

興奮しきって、思わず下の名で呼んでしまった。でも、もうそれくらいふたりの仲は親密な気がする。

貫いた指が、ふやけるほど熱い潤みに包まれる。

薬指も入れて、二本の指で、ぐちゅぐちゅとかき混ぜると、

「ああっ……ううんっ、あぅぅうんっ……」

沙織は背をのけぞらせて、いよいよ色っぽい声を漏らしはじめる。

獣じみた匂いも強くなっていき、ピンクの果肉はぐちゃぐちゃで、花びらの外側まで白っぽい粘着物にまみれている。

「ああっ……も、もう、だめっ……お願いっ」

沙織は崩れ落ちるように、春人の脚にしがみついてきた。

3

春人は入院着を脱ぎ去り、生まれたままの姿になった。

ベッドでは白い肌をピンクに上気させた、美しい人妻が仰向けにこちらを見つめていた。

制服はすべて脱ぎ、ブラジャーもパンティも取り去って、こちらも一糸まとわぬフルヌードだ。

おっぱいは見事にツンと上を向き、細腰から充実した下腹部が美しい。素晴らしいプロポーションだった。

そして、瞳は濡れきっている。

男に貫かれるのを待っている。が、どこか後ろめたそうな翳《かげ》りも見える。

そんな人妻の背徳感もたまらない。

「い、いいですか？」

春人が足元にしゃがむと、沙織はハッとしたような顔をする。

そして目をつむり、こくんと頷いて横を向いた。

「顔見られるの、恥ずかしい……」

沙織がぽつり言う。

春人は、え？　え？　と慌てた。

(バックからがいいのかな。でもバックってどうやるんだろ)

焦っていると、沙織が笑った。

「でも……春人くんの初体験だもんね。つながってるところ見たいんでしょう？　それに私の感じてる顔も見たいよね……大丈夫、恥ずかしいけどガマンするから……」

「ああ……さ、沙織さんっ……」

受付嬢をしているときの、明るい笑顔が頭をよぎる。

ああ、こんな美人の顔を見ながら、エッチできるなんてっ。

(よ、よし、いくぞ)

この美人受付嬢に、生のチンポを入れる！

沙織さんと、つながっちゃうんだ。

僕のものに……美人受付嬢を、僕のものに……。

ドクンドクンと心臓を高鳴らせつつ、沙織の両足を持って開かせて、春人はギンギンに昂ぶった屹立を、ワレ目に押し当てる。

(で、でも……い、いけるのだろうか……？)

先日、玲子の中に挿入しようとして、失敗したことが思い出された。

不安が頭をよぎった、そのときだ。

薄目を開けた沙織がすっと手を出してきて、春人のペニスを握って導いてくれた。

「ここよ……ああん、入れて、春人くん」

沙織は潤んだ瞳で見つめてきていた。

心が昂ぶった。

切っ先がワレ目に当たると、彼女の裸体がわずかに震え出した。

沙織も緊張しているのだと思うと、少しラクになった。

グッと力を入れると、ぷつッ、と孔《あな》がほつれる感触がして、チンポが狭い中を押し広げて、ぬぷりと入った。

「ああっ……！」

沙織が顎をそらし、背をのけぞらせる。
おっぱいが揺れ弾んだ。
腰のぶるっという震えが伝わってくる。
（ああ……は、入った……沙織さんの中に……）
亀頭部が奥まで嵌《は》まっていく挿入感がある。
「くっ……」
春人も唸った。
熱く、ぬめぬめした膣肉の感触が、気持ちよすぎる。
しかもだ。
とろけた粘膜が、キュッと勃起を食いしめている。
結合部を見れば、ほぼペニスの根元まで沙織の中に食い込んでいる。
おまんこいっぱいに、杭《くい》みたいに突き刺さっている。
うわあ、痛くないのか？　と心配になった。
「あンッ……春人くんのっ、ううんっ……やんっ、お、おっきいわっ……」
「い、痛くないですか？」
慌てて言うと、沙織がウフフと笑った。

「痛くないけど、ああんっ、春人くんのオチンチンでいっぱいにされちゃってる。あなたにレイプされちゃってるみたい」

「レ、レイ……」

その過激な言葉に、チンポがぐぐっと、膣内で持ちあがった。

「あんっ、中で大きくなった。ウフフ、いいわよ。私を犯したいんでしょう。好きに動いてみて」

清楚な受付嬢は意外とエッチなんだなあ……。

そんなことを思いながら、前後に腰をゆっくり振ると、

「あんッ……やだっ、嘘でしょう。そんな奥までっ……ンンッ」

色白の沙織の美貌がたちまち真っ赤に上気し、ハア、ハアッと熱い吐息がひっきりなしに漏れている。

半開きの口からは、白い歯とピンクの舌がいやらしくのぞいている。

(か、感じてるっ……)

たまらず、もっと突いた。

「あんっ、あんっ、あんっ……」

沙織が顔を大きくのけぞらせて、甲高い声をあげた。

美しい眉がたわみ、縦ジワを刻んだままに、苦しげな顔を見せている。

（い、色っぽい……女の人が感じてる顔って、なんてエッチなんだッ……）

沙織の差し迫っていく様子を見ているだけで、もうガマンできなくなってきた。

汗ばみ、揺れ弾むおっぱいを揉みしだき、パンッ、パンッと突き入れる。

「あんっ……ああっ……いいっ、いいわっ……」

ちょっと緩めると、沙織のほうから腰を動かしてきた。

（えっ！　ええっ……あううぅッ）

腰がくねって、チンポが揺さぶられる。

同時に沙織の蜜壺が、キュッ、キュッとしまってきて、恐ろしいほどの快美がもたらされていく。

「だ、だめですっ……そんなにしたら、出ちゃう」

ぽうっとした目で感じまくっていた沙織が、こっちを見つめてきた。

「いいわっ……出してっ……」

「えっ……でもっ……」

「あんっ、だって……ここで躊躇《ちゅうちょ》したら、中途半端になっちゃうわよ。春人くんの初めてなんだから、気持ちよくなって欲しいの……いいのよ」

真っ直ぐに見つめてきて、両手を伸ばしてくる。

正常位で挿入しながら、春人は前傾する。

沙織の手が背中にまわり、抱きしめられて唇を寄せてくる。

ちゅっ、ちゅっ、と優しくキスを浴びせられたのちに、なめらかな舌を、あわいに入れられる。

「んふぅ……んんっ……」

貪るように舌をもつれさせて、激しいキスをしていると、もうたまらなくなってきて、ぬぷっ、ぬぷっ、と蜜音が聞こえるほど突き入れた。

「ああンッ……いい、いいわっ……すごいっ、あっ、はああんっ……」

もうキスもできないという感じで、沙織は唇を離して、色っぽく身をよじらせる。

「た、たまりません」

押さえつけるように、突き入れながら真っ直ぐ彼女を見る。

沙織ももう感極まった表情で、春人を見つめ返してくる。

「わ、私も……ああっ……いいっ、イキそうっ」

「ぼ、僕も。出ちゃいそうです」

「ああんっ……いい、いいわっ、大丈夫だからッ。出してっ……ああんっ」

大丈夫だから……。

その言葉が免罪符となり、大きく突き入れた。

「あっ……だめっ……あんっ、イッ、イクッ！」

沙織がぶるっ、ぶるっと震えてしがみついてくる。

「ううう……くぅぅぅ」

同時に、春人も放っていた。

媚肉が勃起をぐいぐいと締めてきて、その中にたっぷりと注ぎ込んでいく。

（うわあああ……）

気持ちよすぎる射精だった。

目の奥がちかちかして、全身がもうとろけそうだ。

「ああん、きてるっ……ああんっ」

沙織はぴくぴくと、ペニスを入れたままの下腹部を震わせて、やがてぐったりと全身の力を抜いていった。

4

「ウフフ……どう？　童貞じゃなくなった感想は」

美しい人妻が耳元で優しく囁いた。

「き、気持ちよすぎました」

春人はハアハアと荒い息をこぼしながら、ずるっとペニスを抜く。

半勃ちの肉竿が、蜜とザーメンにまみれている。

ハッとして見れば、沙織の股ぐらから、どろっとした白いものが垂れ落ちていた。

(ああ……ホントにしたんだ)

美人受付嬢とのセックス……出したばかりなのに、高揚感が湧きあがる。

(あ、ティッシュ……)

自分と沙織のアソコをキレイにしないと……。

そう思ったときに、沙織が近づいてきてウフフと笑い、髪の毛をかきあげながら春人の脚の間に座り込んだ。

「え……？」

驚く間もなく、沙織がザーメンと愛液まみれのペニスにしゃぶりついてくる。

「なっ……沙織さんっ……くうううッ」

出したばっかりのチンポが、温かな口中に含まれていく。

春人は唇を噛みしめ、のけぞった。

「くうう……嘘っ……そんな……」

咥えられるだけでなく、沙織にペニスの先を吸いあげられて、さらに驚いた。

(こ、これって、お掃除フェラってやつだ……)

尿道に残った精液を、口できれいにしてくれるのだ。

沙織は頬をすぼめて吸うだけでなく、鈴口も舌でねろねろと舐めてきた。

「んあっ……」

出し終えたばかりのペニスは恐ろしいほど敏感で、尿道口など舐められたらたまったもんじゃない。

「くううっ……」

春人はたまらず、大きくのけぞる。

その反応が嬉しかったのか、沙織はペニスから口を離して、春人に向かって上目遣いに見つめて、ニコッとする。

「美味しいわ……春人くんのオチンチン」

「ええっ……そ、そんなこと。き、汚いし……」

「ウフフ、汚くなんかないわよ」

言いながら、またしゃぶってきた。

「……んんっ……んふっ……ンッ……」

鼻奥から声を漏らして、沙織は懸命におしゃぶりする。

（あああ……）

身をよじりたくてたまらない。

快楽がふくれていき、もっとしてほしいと春人は思わず腰を浮かす。

「ンッ！　んんっ……」

沙織の喉を突いてしまったのだろう。

咥えながら上目遣いにジロッと見つめてくるものの、沙織はそのまま前後に顔を打ち振り、勃起の表皮を唇でシゴいてくる。

（……やばっ、またしたくなってきた）

仰向けの上体を起こして、おしゃぶりしている沙織を見る。

「んっ、んふっ……ンッ……ンッ……」

沙織は頬をへこませて、情熱的に顔を打ち振ってくる。

もしかして、もっとおまんこを突いて欲しいのかな……。

イクッ、て叫んだけれど、それが本当に満足した「イク」なのかどうか、わからない。

もっとシタいんじゃないか？

春人は手を伸ばし、下垂しているFカップのおっぱいの先を指でつまんで、キュッとひねりあげた。

「うっ……ううんっ……」

沙織は声を漏らし、つらそうに眉をひそめ、咥えたまま顔を横にふる。

その艶《つや》やかな表情が、人妻の色香をムンムン発していて、春人は一気に昂ぶってしまった。

すると咥えていた沙織が、顔をしかめて勃起から口を離した。

口の中でチンポがでかくなったのだろう。いや、実は春人はわざと陰茎に力を込めたのだが……。

「あんっ、すごいわっ……出したばっかりなのに、もうこんなに……」

沙織がうっとり見つめながら、ぐいぐいとシゴいてくる。

精液と愛液と唾液。それが混ざり合って、ぬちゃぬちゃと音を立てる。

「ぼ、僕……あの、またシタくなってきて……」

「私も入れて欲しくなってきちゃったの……」

人妻が濡れた瞳で見つめ、ベッドに仰向けになって両手を伸ばしてきた。

「ウフフッ……ねえ、きてっ」

一糸まとわぬ姿で、こんな美人が「きて」と言えばもう、男は完落ちだ。

興奮しながら、春人は沙織の裸体に覆い被さる。

片手で怒張の角度を調整して、ワレ目の下部に切っ先をおしつけた。

どろどろしているのは、中出しした残滓だ。

中出ししたあとに、駄目押しとばかりに二度目をするなんて……。

先端が穴に嵌まり、スムーズに押し込んだ。

「ああっ！」

沙織がのけぞってから、春人の首に両手をまわしてキスしてくる。

（ああ、キスしながらの挿入ってこんなにいいもんなんだ……）

上も下も塞いだ。

美しい受付嬢を自分のモノにした歓喜に打ち震える。

「んふっ、んんっ……ううん」

沙織が今まで以上に積極的に、ねっとりとしたベロチューを仕掛けてくる。

春人はうっとりと腰を前後に動かす。

「ううっ……ああんっ……私の中で、オチンチン、喜んでるっ」

唇をほどいた沙織が、大きくのけぞる。

Ｆカップのバストが目の前で弾んでいる。

春人は突き入れながら、身体を丸めて乳首をチューと吸う。

「はぁぁぁ！　いやん、それっ……くっ……ああんっ」

沙織がガクガクと裸体を震わせる。

二度目だから、春人に余裕ができている。

（今度こそ、沙織さんを気持ちよくさせるんだ）

もっと奥まで入れたいと、前傾する。

入れたままだから、沙織の下半身が丸まって、いやらしいマングリ返しの状態になる。

（あっ、こ、これ、いいっ……）

挿入する角度が変わり、こっちが奥までいくような気がする。

「あああぁッ！　は、恥ずかしいっ……あんっ、こんなの知らないっ、いっぱいにされちゃってるッ！　だめっ、だめよ、春人くんっ……あううう」

両足の真ん中から見える沙織の表情が切羽つまっていた。

柔肌は汗でぬめり、濃い発情の匂いが結合部から発せられ、奥から新鮮な蜜がじんわりとこぼれ落ちる。

「あっ、あぁっ……ああん」

沙織が眉を折って、顎をせりあげている。

どうしたらいいの、という切なげな表情がたまらなかった。

春人は燃えまくって、グイグイと押しつぶすようにピストンする。

「んっ……んん……あぁっ、す、すごいっ……こんなところまでっ……ああんっ、だめっ、おかしくなるっ、おかしくなっちゃうよぉ……」

沙織はM字に開ききった脚を震わせて、腰をびくん、びくん、と痙攣《けいれん》させる。

大きくて潤みきった目が、気持ちよさに閉じそうになるのを、必死にこらえてこちらを見つめてくる。

（か、可愛い……）

もっと気持ちよくなってと、深く突き入れる。

するど、沙織の長い睫毛がふっと閉じられ、チンポに貫かれる快感を味わうように、

「ううん……ああんっ」

と、白い喉をさらけ出すほど、身悶えはじめた。

同時に、先ほどよりも媚肉の締めつけが強くなってくる。

温かくぬらぬらした媚肉が、奥へ奥へと引きずりこもうとする。

「沙織さんっ……ああっ、気持ちいいですっ、そんなにしたらっ」

「ああんっ、だって感じるの……イキそうっ……春人くん、沙織、イキそうっ」

沙織は春人の腕をつかんで、とろんと潤みきった瞳を向けてくる。

「ぼ、僕も……で、出そうですッ」

ああ、気持ちよすぎる。チンポがとろけそうだ。

熱いものが下腹部でふくれあがるのを感じる。第二波だ。射精欲がこみあげてくるのもかまわず、ばすっ、ばすっと突き入れる。

「あんっ、ねえ……一緒に、一緒に……イッて……」

すがるような目をして、沙織が指を指にからめてくる。

恋人つなぎだっ……。

(ああ、沙織さんは、身も心も僕に預けてくれるんだ)

春人もギュッと握り返して、強いストレートを打ち込んだ。

「いっ、一緒に……一緒にイキたいっ、沙織さんと……」

「あっ……ああんっ……だめっ……ああっ、きちゃう、ああんっ……出して、春人くんも出してっ、沙織の中に、いっぱい熱いのちょうだいっ」

ギュウウとペニスが膣肉でしぼられる。ガマンしつつ奥まで入れたときだった。

「ああっ、で、出るッ……出ちゃいますっ」

脳みそがとろけそうな気持ちよさの中、春人は二発目の射精をした。

「あっ、熱いっ……あんっ……ああっ……イ、イクッ、イッちゃう……！」

沙織がギュッと抱きついてきた。

汗まみれの身体を震わせて、腰をガクンッ、ガクンッと震わせている。

「ああっ、さ、沙織さん……！」

同時におまんこが、まるで精液を搾り取るように、ぎゅんっと締まった。

一度目とは違う沙織の激しいアクメの様子を見ながら、春人はザーメンを注ぎ入れ、夢のような至福を味わっていた。

第三章　病室のベッドでおしゃぶり

1

受付時間が終わり、窓口も人が少なくなってきていた。
春人は案内ブースを見た。
胸元にリボンのついた白いブラウスに、ピンクのチェックのベスト。
頭にもピンクの丸い帽子。
いつものように清楚な雰囲気の、受付嬢の沙織がいる。
彼女は柔らかな笑顔で患者を案内していた。
「はい、外科病棟ですね。真っ直ぐ行って、左に曲がり……」
落ち着いた涼やかな声に、男なら誰しも虜《とりこ》になりそうな親しみある笑顔……。

（ああ、こんなキレイな受付嬢とエッチしちゃったんだ……）

春人は誇らしい気分になるが、だからと言って、

『沙織さんとエッチしちゃった』

なんて誰かに言えるわけもないし、つきあえるわけでもない。

まあ、でも彼女の癒やしになったんだったら、これでいいのかな……。

「春人くん」

前まで行くと、沙織がニッコリと笑いかけてくれた。

そして頬を赤らめて、誰も見ていないことを確認すると、彼女はカウンターの上に手を出して、こっそりと振ってくれるのだ。

（うわあ……恋人同士みたい……）

春人も手を振ると、沙織が椅子に座ったまま身を乗り出してくる。

「どうしたの？　なにか用があるなら私が行くのに」

春人は入院着の上に薄手のパーカをかけている。

「なんとなく、沙織さんが見たくて……」

「私も……春人くんの顔見てると、元気が出る気がする」

はにかんで言われると、たまらなくなってこの場で抱きしめたくなってしまう。

そのとき沙織の肘が当たり、ボールペンが床に転がった。

「あ」

沙織が椅子から降りようとしたので、

「大丈夫。僕が取るから」

と、春人は裏にまわってからカウンターの中に入り、しゃがんで床を見た。

（お！）

ペンを探す前に、沙織のむっちりした太ももが見えた。

制服がタイトなミニ丈だから、座っているとズリあがっていってしまい、太ももが見えてしまうのだ。

ストッキングに包まれた、肉感的な太ももが間近にある。

昨日の夜のことが思い出され、春人は鼻息を荒くして、ムッチリとした太ももをじっくり見てしまう。

「やだ、ボールペンでしょ。どこを見てるの？」

上から沙織が注意する。

そのときに、

「こんにちは」

という男の声が春人の耳に届いた。

「あ、斉藤《さいとう》さん」

沙織が優しい声で対応する。

「いつもお世話になります。外科部長の宮本《みやもと》さんとお会いする約束なんですが」

「宮本ですね。少々お待ちください」

沙織はカウンターの上にあった、パソコンのキーボードを叩きはじめる。

(若い男の声だったな。しかも知り合いか……)

男の顔を見たかったが、さすがに今、顔を出したらマズい。受付カウンターの中にいるのがバレてしまう。

カウンターの後ろは壁だ。こうして中に隠れていれば、上から覗かれない限りは、沙織の足元にしゃがむ春人の姿は見えない。

「ご予約承っております。宮本はもうすぐこちらに来るそうです」

沙織の声が聞こえる。

「あっ、いらっしゃるんだ。悪いなあ。じゃあ、ここで待たせてもらいますね」

と、その斉藤という男は言うのだが、一向に男がいなくなる気配が感じられない。

「しかし、いよいよ蒸し暑くなってきましたね」

男が、なれなれしく沙織に声をかけてくる。

(なんだ……この男……)

「ええ。ホントに」

「冷えたビールでも呑みたいくらいだ」

「斉藤さん、お酒、強そうですもんね」

(なんだよ……沙織さんも楽しそうに話をするなんて)

若い男と世間話をする沙織に、なんだか妙な嫉妬心が湧いてきた。

(忙しいって言えばいいのに。よおし……)

見えないことをいいことに、春人はイタズラを思いついた。

(へへっ)

ドキドキしながらカウンターの中で、沙織の座っている脚の前に陣取り、思いっきり彼女の太ももをいやらしく撫でて、頬ずりした。

「んっ！」

沙織の呻き声が聞こえた。彼女の脚も強張る。

「どうかした？」

男の声が聞こえる。

「い、いえ……」

沙織は下を向き、春人の顔を見て顔を横に振る。

(やめなさい)

という心の声が聞こえてくるほど、沙織が狼狽えた顔を見せている。

だーめ。その男を追い払うまで、やめないよ。

春人はドキドキしながらも、ぴったりと閉じ合わさっている沙織の膝を両手で強引に割った。

太ももの奥に、パンストに透ける赤い下着がばっちり見えた。

(うわっ……沙織さん、赤のパンティなんて持ってるんだっ)

まさかの下着の色に驚いて上を見れば、会話している沙織の顔が、真っ赤になっているのが見える。

こりゃ、たまらん。

まるでスケベジジイのように静かにほくそ笑むと、春人は沙織の制服スカートの中に手を侵入させていく。

「あっ……」

沙織が背中を伸びあがらせて、太ももをギュッと締めて春人の手を挟んだ。

「今日はね、宮本さんと打ち合わせがてら、夜の席なんだけど……あの人、呑むと豹変するんだよね」

男が言う。

「そ、そうなん……ですか……」

聞こえてくる沙織の言葉は途切れ途切れだ。

下から見れば、沙織の美貌に脂汗《あぶら》がにじんでいる。

太ももも汗ばんできている。沙織の緊張の度合いが伝わってくる。

ようし……。

春人は太ももから手を抜くと、沙織のタイトミニスカートをまくりあげて、思いきって沙織の下着を脱がしにかかった。

「……！」

沙織が震えるのを感じた。

無理もない。

接客中で抵抗できないのをいいことに、足元にしゃがんだ春人によって、パンティストッキングとパンティを、仕事中に脱がされようとしているのだ。

見あげれば、沙織が眉をひそめて顔を振っている。

（いやっ！　やめてっ）

切なそうに真っ赤になった美貌が、そんな悲鳴をあげているように見える。

だが、春人は興奮しきって頭が痺れていた。

（あとで怒られるだろうなあ……でも……見たくてたまらない）

春人はカウンターの中で隠れながら、抗う沙織の脚を押さえつけ、パンストごと赤い下着を足首まで剝《む》き下ろすと、ローパンプスの爪先から抜き取った。

さらにミニスカートを大きく腰までまくりあげて、太ももをあらわにしたあとに、閉じた膝をつかみ、再び強引に開かせてやる。

（おおう！）

美人受付嬢の剝き出しの股間が、春人の目に飛び込んできた。

「うっ……！」

無理矢理に脚を開かされた沙織が、恥辱の呻きを漏らしたのが聞こえた。

「どうかした？」

男が心配そうに言っているのも聞こえる。

春人は上を見る。

沙織はもう真っ赤になって、唇を嚙みしめて泣きそうな顔で見つめてきた。

当然だろう。

受付案内の仕事中に、カウンターの中では、大きく脚を開かされておまんこを直にさらしているのだ。

春人は沙織のおまんこをじっくり見た。

（なっ！　すごい濡れ方じゃないか……）

暗がりでも、恥毛の下のワレ目から蜜があふれてくるのがわかる。人妻の発情の匂いがカウンターの中にこもっていく。

驚いて、また上を向いた。

沙織は美貌に玉の汗を浮かべながらも、なんとか接客を続けている。

だがときおり、ふっと表情がとろけて、そのたびにつらそうに眉をたわめているのが見えた。

（こ、興奮してるんだっ……沙織さんっ）

美人受付嬢は仕事中におまんこを見られて、感じちゃっているのだ。

（も、もっと恥ずかしがらせてみたい……）

春人は息を潜めながら、震える指でそっと沙織のワレ目に触れた。

（あああ！）

沙織がそんな感じで口を大きく開け、ビクンッと腰を痙攣させた。
それでも尻を何度も動かして、沙織は感じまいと頑張っている。
だが、それは無理だったようだ。
「ああ……」
沙織の口から切なそうな声が漏れる。
次の瞬間だ。
沙織のワレ目の奥から、甘蜜がドクドクとあふれてきた。
すごいっ、こんな状況でも……。
いや、こんなスリリングな状況だから、沙織さんの身体は悦《よろこ》んでいるんだ。
(欲しがってる。だったら……)
春人は中指を持っていき、沙織の無防備な膣孔にググッと挿入させた。
「ンッ！　ングッ……」
沙織が驚いたように、身体を震わせた。
「どうしたの、さっきから。具合でも悪いの？」
男の声が慌てている。
(まさか、目の前の美人受付嬢が、カウンターの下でおまんこをいじられてるとは思わないだろうなあ……)

春人は興奮してしまって、イタズラをやめられなくなってしまった。

中指をさらに押し込んでいくと、

「くぅうう」

沙織は下を向き、驚愕に目を見開き、ひきつった顔で春人を睨んできた。

けれども、その表情とは裏腹に、濡れきった膣孔が春人の指をキュウキュウと食いしめてくる。

沙織さん、やっぱり興奮してるじゃないか……。

そのときだ。

(おおっ!)

ムッチリした沙織の太ももが閉じられ、春人の顔をギュッと挟み込んだ。

うわあああ……。

人妻の柔らかな太もものしなりが、頬いっぱいに感じられる。おそらく沙織はもうやめてと挟みつけてきたのだろう。

確かに動きは制限される。

だけど、春人には逆効果だった。

太ももに挟まれ、さらに興奮した春人は、夢中になって沙織の蜜壺を指で攪拌《かくはん》し、ぬちゃ、ぬちゃ、と粘り着くような音を立てていく。

「んんんっ！　お、遅いですね……」

音をごまかすために、沙織から男に話しかける。

おまんこに指を入れられ、穴の奥を刺激される衝撃に腰をひきつらせ、プルプルと痙攣させながら、しきりに足踏みしている。

しばらく責めていると、沙織の震えがひどくなってきた。

上を見れば、沙織はハアハアと息を漏らし、うつむいて目をつむってしまった。

(ま、まずいっ、そんな顔をしたら、バレるよ)

春人は慌てて指を抜く。

「あの、キミ……ホントに大丈夫かい？」

不安そうな男の声が聞こえたときだ。

「やあ、待たせてすまん」

遠くから声が聞こえた。

「あ、宮本部長」

男の声が困惑している。

沙織を心配しているのだろう。

「い、いってください。大丈夫ですから」

沙織の声だ。

春人はそおっと、上をうかがう。

見れば沙織はようやく顔をあげ、ひきつった笑顔でなんとか男に言葉を返して接客していた。

春人は自分の中指を見る。熱い蜜がたっぷりとからみついていた。

2

「……信じられない……」

沙織は真っ赤な顔で怒りに声を震わせた。

ここは昨日と同じカウンセリングルームだ。沙織に言われて、春人が鍵《かぎ》を開けたのだった。

「もし見つかったら、大変なことになるのはわかっているでしょう」

「ご、ごめんなさいっ」

春人はしゅんとした。

確かにあれはやりすぎた。

でも、沙織が泣きそうな顔で、おまんこをハンカチで拭いていたのは、興奮しちゃたなあ……。

「あやまるなら、しないの！　それよりも……」

沙織が言いながら、抱きついてきてベッドに押し倒された。

受付嬢の制服のままである。

「え？　さ、沙織さん……」

見れば沙織の瞳が潤んで、じっと見つめてきていた。

「それよりも、あんな風に仕事中に達してしまって……どうしてくれるのっ、拭いたハンカチがべとべとになるまで濡れちゃったのよ」

沙織の目がとろんとしている。

「すごく気持ちよくて……ああンッ……春人くん、ひどいわ。なんであんなことしたのよ。もうガマンできないっ」

沙織は興奮気味に言うと、下になった春人の入院着の前を開いて、パンツをズリ下ろした。

ぶるんっと屹立がこぼれ出る。

沙織はスカートをまくる。まだ下着は身につけていなかった。制服姿なのにノーパンだ。

そのまま沙織は春人の腰を跨ぐと、蹲踞《そんきょ》の姿勢で腰を落としてくる。

「え？　え？　沙織さんっ」

沙織は手を伸ばすと、屹立を握り、自分のワレ目に導いていく。

制服姿で淫らなM字開脚をしながら、春人の腰の上に重たげなヒップを落としてきた。

「さ、沙織さん……くううう！」

ズブズブと熱い潤みに、チンポが深くめり込んでいく。

「あンッ！　硬いっ」

騎乗位で、沙織は制服のまま帽子も脱がずに、腰を前後に振りたくってきた。

「う、うわあああ……」

あまりの気持ちよさに、春人は震えた。

あの美人受付嬢が、制服のまま自分の上で腰を振っている。

壮観なんてもんじゃない。

頭が破裂しそうなほど興奮した。

沙織は腰を動かしながら、ねっとりした目で見つめてくる。

「ねえ、ねえ……お願いっ、また人が少ないときに……あれをやって。今日みたいに、カウンターの下で、私にイタズラしてっ」

「あ、はい……わかりました」

沙織はウフフと笑って、さらに粘っこい腰の動きで責め立ててくる。

(ああ……癒やすつもりが……へんな方向にいっちゃったよ)

春人はそんなことを思いながらも、少しずつ沙織のおまんこがもたらす愉悦《ゆえつ》の中に導かれていき、我を忘れて腰を突きあげるのだった。

3

「なんか最近、機嫌がいいじゃねえか」

ベッドの上で本を読んでいると、隣のベッドの前田が話しかけてきた。

「そうですかね」

春人はわざと空とぼけて答える。

「そうだろう？　まあ、運がいいよなあ、おまえ。琴美ちゃんや奈々夏《ななか》ちゃんが担当で、玲子先生もなんだかんだで気にかけてくれるしなあ」

奈々夏というのは、二十三歳の新米ナースで、もっか修業中の子だ。この子がまた可愛いので、S病院の美人看護婦ランキングに変動が起きている。

前田が続ける。

「まあ、童貞くんなら舞いあがるのも仕方ないだろうが、夢見るだけにしとけよ。ナースや医者の先生が気にかけてくれるのは、おまえが患者だからさ」

「肝《きも》に銘じます」

言いながらも、春人は本当のことを言いたくてうずうずしていた。

玲子にフェラチオしてもらって、美人受付嬢の沙織とはエッチしたのである。どうだと胸を張りたいが、そんなことを漏らしたら面倒なことになる。

しばらくして前田は検査の時間になり、看護婦がやってきて前田を連れて出ていった。

四人の入院部屋は、今はふたりだけである。

だが玲子も言っていたが、患者が増えているのですぐに一杯になるだろう。

春人ひとりになった部屋で、ふと窓を見る。

窓が開いていて、夏にしては珍しい爽やかな風が入ってくる。

ああ、早く来ないかなっ。

玲子が次に「癒やしてあげてほしい」と依頼してきた院内の女性はというと……。

コンコンとドアがノックされて、看護婦が入ってきた。

（ああっ、来た……）

春人はドキッとする。

入ってきたのは、先ほど話題に出ていた新人ナース、水谷《みずたに》奈々夏である。

「高宮さん、お熱を測りますね。ああ、いい風」

奈々夏は眩《まぶ》しそうに目を細めて、窓を見た。

なんだかそれがドラマのワンシーンみたいで、春人はぼうっと見てしまう。

ショートヘアに、ナースキャップがよく似合っている。

細い眉と、目尻の切れあがった双眸が特徴的で、まるで猫のようにあどけない表情がくるくる変わって、実に可愛らしい。

ボーイッシュな感じもするが、小柄だがスタイルはいい。白衣の胸元のふくらみはずいぶんと形がよさそうだ。

首から提げたＩＤパスや、胸元のポケットに差したボールペンが、初々《ういうい》しい看護婦という感じをかもし出している。

「ふふっ、なあに高宮さんっ、目がいやらしいよ」

大きな目を輝かせて、こちらがドキッとするようなことを言う。

奈々夏とはまだ数日会っただけだが、年が近いこともあるのか、すごくフランクに接してきて、今では友達みたいな感じだ。

「奈々夏ちゃん」と名前で呼ぶとうれしがるくらいに人懐っこくて、美人なわりに春人は緊張しないでつき合えている。

「そ、そんな目で見てないよ」

「嘘。マッサージしてくれるんでしょう？　黒木先生から聞いたけど上手だって。でも、きっとへんなところ触る気だわ。だから今、私の身体を下見したんでしょう……」

「そ、想像力豊かすぎるよ、奈々夏ちゃん」

慌てて首を振る。

でも実は当たっている。

奈々夏は「ふふっ」とイタズラっぽく笑い、春人の入院着の前を開いて体温計を脇に挟んでくれる。

その間にも上目遣いに見つめてくる。

看護婦としては初々しいが、この子は完全に小悪魔タイプだ。どうも男を翻弄《ほんろう》するのが好きな感じに見える。

だが仕事に対してはとても真面目で、新人なのでストレスをため込んでいるらしい。しかも遅くまで病院にいるものだから、カレシもできないのだと玲子から聞いている。

それで、春人の出番というわけだ。

奈々夏が体温計を抜き取り、メモリを見てからカルテになにかを書き込む。

「私、今から休憩なの。だから今、お願いしてもいい？」

「え、今？」

「うん」

そう言うと、新人看護婦はさっさと丸椅子を持ってきて、春人に背を向けてちょこんと座った。

まあ確かに、前田は検査でしばらく帰ってこないだろうし、春人もベッドの上からマッサージできるのでラクだ。

春人は奈々夏の後ろ姿を見た。

(首、ほっそ。それに背中も小さくて……華奢《きゃしゃ》な感じで守ってあげたくなる)

おそるおそる腰を触ると、奈々夏がぴくっと小さく震えた。

「あ、ごめん」

「あ、へ、平気……続けて」

と、奈々夏が肩越しに恥ずかしそうに言う。

(そうか、この子、異様に感じやすいんだな……)

くすぐったがりということは、うまくツボが押せるか心配になるが、春人は思いきって、例の気持ちよくなる部分を指圧した。

「ああ……」

と奈々夏がしどけない声を漏らして春人は驚いた。まだちょっとしか触っていない。

続けざま、同じところを押すと、

「そ、そこ……気持ちいい……」

と、早くもくすぐったそうに身をよじらせはじめる。

(ああ、効いてる)

春人は指が食い込むほどにぐいぐいと揉んでやる。

しばらく揉んでいると、春人は「あれ？」と思った。

奈々夏の肩がふらふらと揺れてきて、がくっと前のめりになっては、また戻るのを繰り返している。

そのうち今度は後ろにもたれてきて、顔が大きくのけぞった。

春人は慌てて奈々夏の身体を支える。

(ええ？)

見れば奈々夏は可愛らしい寝息を立てている。

嘘っ。こんな短時間で寝ちゃったの？

よほど疲れてたんだろうなと、無邪気な寝顔を見て思う。

(しかし……生意気なイタズラっ子だけど、こうしてあどけない顔は白衣の天使だよなあ)

なんだか起こすのも可哀想だ。

どうしようかと思っていたが、この部屋はふたつもベッドが空いている。

奈々夏も休憩だと言っていた。

マッサージしてもいいというのだから、まあ急いで戻ることもないんだろう。

春人は奈々夏をお姫様抱っこして、空いているベッドにそっと寝かせ、履いていたサンダルを脱がせてやる。

奈々夏は仰向けで、すうすうと寝息を立ててた。

起きる気配もなく無防備だ。

（しかし、可愛いな……）

ナースキャップを被ったままの小顔をのぞく。

長い睫毛がぴったりと閉じられ、ぽってりとした唇は艶やかに濡れている。

抜けるような白い肌は瑞々しくて、ぷるんとしている。

静かな呼吸を繰り返しているが、その呼吸に合わせて、白衣の胸元がゆっくりと上下している。首から下げたＩＤカードもだ。

ワンピースタイプの白衣は、裾がまくれてちらりと白パンストに包まれた太ももが見えてしまっている。

看護婦さんって、やっぱなんかエロい。

白衣や髪型に清潔感があるから、かえってそれを穢してみたい衝動にかられてしまうのだ。

そんなことを考えながら、見つめていると、

「う……んっ……」

奈々夏が呻き声を漏らして、寝返りをうった。ドキッとした。

白衣の裾がズレあがっていて、太もものきわどい部分までが露出する。もう少しで

パンティまで見えてしまいそうだった。
全体的にほっそりとしているのに、太ももはムチムチしている。
二十三歳の新人ナースは可愛いけど、やはり成熟した大人だ。
悩ましい色香が太ももの豊かな量感に宿っている。
(華奢だと思ってたけど、意外と色っぽい身体してるんだな……)
さらに彼女は横を向き、両足を曲げて丸まるような格好になった。
お尻が見えた。
白いパンティストッキングに包まれた下着は、グレーだ。
おそらく白衣の透けパン防止の、地味な色なんだろう。
(か、可愛いお尻っ)
ヒップの豊かな丸みが、春人の欲情を誘っている。
めちゃくちゃ細いのに、男が欲しいところは丸みがある。
男からすれば理想のボディだ。
たまらなくなり、股間が突っ張ってくる。
くうう、このお尻に、さ、触ってみたいっ。いや、だめだっ。
(そうだ。み、見るだけなら……)

顔を近づける。

むっちりとしたヒップを包む、グレーのパンティがパンストから透けて見える。

興奮しきって、春人はくんくんと匂いをかいだ。

可愛い新人ナースの、恥部のほのかなぬくもりと、今日一日の勤務でこびりついた汗の匂いがする。

今度は上から寝顔を覗いた。

看護婦だからメイクなどほとんどしていない。

それなのに目鼻立ちがはっきりしていて、実にキュートだった。やっぱり可愛い。

(あれ、この子、なんでこんなにいい匂いがするんだろ)

寝ているのをいいことに、もっと嗅いでいたいと顔を近づけたときだった。

(え?)

奈々夏の手が伸びてきて、春人は抱き寄せられた。

4

「んっ、んむっ」

柔らかな唇が、春人の口を塞いでいた。

慌てて離れようとするも、奈々夏の手は春人の背中にまわっていて、さらに抱擁する力を強めて唇を押しつけてくる。

（キ、キスっ、奈々夏ちゃんとキス……）

陶然とする春人の唇のあわいに、ぬるっとしたものが滑り込んでくる。

うわっ、奈々夏ちゃんの舌っ。

侵入してきた舌が、ねっとりと春人の口内をまさぐってくる。

ああ、この子、経験はあるんだな……。

そんな当たり前のことを思っていると、甘い唾液がしたたり、奈々夏の唾の味が口の中に広がっていく。

ギュッと抱き寄せられて、白衣越しのふくよかな乳房が春人の胸に押しつぶされている。おっぱいのぬくもりと重みが、春人の理性を溶かしていく。

ああ、奈々夏ちゃんっ。

春人も舌を動かして、奈々夏の舌とからめあった。

「……んんぅ……ンフッ」

奈々夏の呼気を感じながら、ねちゃねちゃと舌をもつれ合わせると、入院着の股間がギンと滾《たぎ》る。

チュッ、チュッ、とついばむキスをしたり、唇を合わせて、奥の根元までをからませたりしながら、恋人同士のような濃厚なキスをうっとりしながら楽しんで、ようやく唇を離す。

見れば奈々夏はまだ目をつむったままだ。

(こんな可愛いナースと、ベロチューしちゃったよ)

しかし、どうしてこんなことしたんだ？

寝ているのか、起きているのか？

そのときだ。

「んふんっ……だめっ、高宮さん」

奈々夏が囁いた。

ドキッとした。

「ご、ごめんっ……だって……」

春人は咄嗟に謝る。

だが奈々夏は「うーん」とか「うふっ」とか甘い鼻声を漏らすばかりで、一向に目を開ける気配がない。

ん？　酔っている？

んなバカな……。

と思ったが、玲子も沙織も、ツボを押すといきなり酩酊したような感じになったことを思い出す。

「あの……奈々夏ちゃん」

頬を指で触ってみる。

起きない。

やっぱり寝ぼけていたんだ、とホッとしていると、

「あん……もっと……」

と目をつむったまま、甘える口調でまた抱擁を強めてくる。

え？　やっぱり起きているよね、これ。

春人はナースキャップの似合う美人看護婦を見つめる。

おそるおそる、白衣の胸元に手を伸ばしてみる。

仰向けでも形が崩れずにいる奈々夏の乳房を、白衣の上から手のひらで包み、ぐっと揉みしだいた。

「……ん」

奈々夏の口から淡い吐息が漏れる。

でも、いやがっていない。

もし起きてたら、この子だったら絶対に抵抗するだろう。

やっぱり寝てるのかなあ。いったいどっちなんだろう。

（もうだめだ……見たい……見よう。見るだけならバレない）

白衣越しのおっぱいを触ってしまったことで、春人の興奮の度合いが尋常ではなくなってしまった。

春人は奈々夏の手を剥がして立ちあがり、ベッドのまわりのカーテンを閉めて視界を塞いだ。

そうして、ベッドに仰向けに横たわる、美しい新人ナースを見つめた。

おそるおそる白衣のワンピースの裾をつまむ。

指先が震える。

喉がからからだった。

ち、ちょっとだけ……もう一回だけ、パンティが見たい。

そろそろと裾を持ちあげていくと、白いストッキングに包まれた太ももの、キワドイところまでが見えていく。

（ああ、グレーのパンティ……）

シームの奥に透けるパンティが見えた。

興奮で頭がひりついた。

覚えておいて、今日の夜は奈々夏で抜こう。

そう思って手を引こうとしていたときに、思わぬ動きがあった。

奈々夏の手が伸びてきて、春人の裾をめくる手をつかみ、パンストの股間の上に導いてきたのだ。

（あっ！）

温かな秘部を上から触ってしまう。

パンティストッキングのぬめりのある質感越しに、なんとも柔らかな恥丘の感触があった。

お、おまんこっ、新人看護婦のおまんこだ。

もうだめだ。

人差し指と中指をクロッチの上から、静かに押さえ込んでいくと、

「ん……んん」

奈々夏がしどけない声を漏らして、腰をよじらせる。

春人は二本の指で、すりっ、すりっとクロッチ部の柔らかな箇所をなぞっていくと、

「んんっ……」

こらえきれない、という感じで、奈々夏がかすかな喘ぎを漏らす。

感じているのか？

春人が人差し指と中指をクロッチの上から、ぐにゅりと沈み込ませると、

「んっ……だめっ……」

と、奈々夏がついにはっきりと喘ぎ声をあげた。

でもなぜか、奈々夏は寝たふりを続けている。

よくわからないが、とにかく興奮した。

春人は指に力を込め、パンストとパンティの上からしつこくワレ目をこすりあげていく。

すると、柔らかい秘部の肉が湿り気を帯びて、ぐにゅ、ぐにゅぅっと指先にまとわりついてくる。

「……ん……んく」

奈々夏は相変わらず目をつむってはいるものの、唇を噛みしめている。

（おまんこが濡れて、柔らかくなってきている）

昂《たか》ぶった。猛烈に昂ぶった。
眠っている（フリの？）白衣の天使にイタズラするという興奮に、頭が痺れた。
もう、もうっ、新人ナースのおまんこを見たいっ。
春人は両手を奈々夏の腰に持っていき、そっとパンストとパンティを下ろしていく。
もう後戻りできない。でもいい。
奈々夏の恥部があらわになっていく。
恥毛は濃いめだ。可愛い顔とのギャップが燃える。
（ああ、奈々夏ちゃん……）
自分を抑えきれなくて、脚を開かせて股間に顔を近づける。
「あっ……あはッ……だ、だめっ……」
奈々夏は腰を軽くよじった。
下からのぞけば、目をつむったままで顔が上気している。
もう、いいんだな。いいんだよね。
勝手に解釈して、春人は新人ナースの洗ってないおまんこを嗅いだ。
ムンとした甘い体臭に混じり、ツンとする濃い性臭が漏れている。
（これが奈々夏ちゃんの、おまんこの匂い……）

獣じみた匂いがクラクラするほどだ。

見れば、ワレ目の中にあるサーモンピンクの媚肉が、もう触って欲しいとばかりにしっかりと濡れていた。

くううう、た、たまんないっ。

息苦しくなってきて、春人はいったん顔をあげた。

奈々夏の顔を見る。変わらない可愛い寝顔を見せている。だが恥ずかしそうに、目の下がねっとりと赤らんでいて、二十三歳の色っぽさを孕《はら》んでいる。

ナースキャップとワンピースの白衣。

清潔な看護婦姿が逆に、色気を引きたたせている。

やばい。もうとまらないっ。

5

可愛い新人ナースはベッドの上に大の字で、大きく脚を開かされて、無防備で眠っている。

白衣の裾が大きく腰までまくれ、パンティとパンストは片側の足首に丸まってからまっており、小ぶりのおまんこがばっちり見えている。

こ、こうなったらおっぱいも見たいっ。

イタズラしてしまったのだから、もうどうせ最後まで……。

春人は震える手で、奈々夏の白衣のボタンを外していく。

せっかくだからと、白衣は全部脱がさずに途中まで胸元を広げる。

すると、白衣の透け防止だろうグレーのキャミソールが見えた。

そのキャミをめくりあげると、ぷるんと愛らしい乳房があらわになって、春人の目は釘づけになった。

(ああ、なんだか白いプリンみたいだ)

ミルクプリンってヤツを見たことあるが、まさにそれだ。

真っ白くて、ぷるるんと揺れている。

その頂点にはツンとシコッた淡い色の乳首が乗っている。

くう、か、可愛いおっぱいっ。

新人看護婦は白衣をはだけられて、おっぱいとおまんこを露出している。

ああ、すごいっ。

もう頭の中が痺れきっている。

ごくっ、と唾を呑み込んで、春人は両手でぷっくりとした若いナースのおっぱいを揉んだ。

小さくもなく、ちょうど男の手で揉める最適サイズだ。

とろけるように柔らかく、それでいて指を押し返すほどに、張りつめていて豊かな弾力がある。

温かくすべすべした乳肌が、しっとりと指に吸いついてくる。

形をひしゃげるように、ムニュ、ムニュと揉みしだくと、次第に奈々夏が汗ばみはじめてきた。

「あっ……ううんっ……」

奈々夏が身悶える。その顔を見た。

変わらず目をつむったままだが、唇が半開きになっていて、ハア……ハア……と呼吸が荒くなっている。

もうこれ起きてるよな。間違いなく。

じっと見つめていると、突然、奈々夏が目を開けて、口を開いた。

「意外と大胆ね、高宮さんって」

一瞬で身体が強張り、頭の中が真っ白になる。

「で、でも。抵抗しないってことはOKじゃあ……」

奈々夏が涼やかな目で、ジロッと睨んでくる。

「なるほど。抵抗しなかったから、私のパンティを脱がして、アソコをじっくり見て、おっぱいまで触ったのね」

新人看護婦はベッドにちょこんと座ると、下を向き、脱がされかかった自分の白衣を見てから、また目を細めて見つめてくる。

「……ヘンタイっ」

思い切り言われた。女性にこんなこと言われたのははじめてだ。ガーンとなった。

頭がクラクラして、いろんなことが頭の中を駆け巡った。

寝ている女性にイタズラして逮捕されるとどうなるんだ？

「高宮さんのベッドに行って」

奈々夏が怒ったように言う。

「え……あ、ああ……」

言われたとおりに戻ると、ベッドにあがるように指示される。

な、なんで？

わからないままにベッドにあがると、奈々夏は仕切りカーテンを閉めて、サンダルを脱いで、自分もベッドにあがってくる。

(はい?)

白衣の胸元ははだけていて、おっぱいがもろに見えている。片方の足首にパンティとパンストがからんだままなので、白衣の下はノーパンだ。

そんな格好でなにをするのかと思っていると、奈々夏に仰向けに押し倒された。

「ふふっ」

イタズラっぽい笑みを浮かべた新人ナースが、春人の入院着の前をはだけさせて、ズボンとパンツを下ろし、足先から抜き取った。

陰茎はさっきの戯《たわむ》れで、天を衝《つ》くほどにそそり勃っている。

「な、なにを……」

まさかのことに、声も出ない。

「だって興奮しちゃったんだもん」

可愛く言いながら、奈々夏が肉竿を握ってくる。しなやかな指の感触が気持ちよくて、ペニスがさらにふくらんでいく。

「こ、興奮したって……」

春人が驚いたように言うと、奈々夏は頬を赤らめて上目遣いに見つめてくる。

「だって、そんなことする人に見えなかったから。いきなり寝かされて、何をするかと思ったら、いきなり白衣をめくられて……」

顔がさあっと青ざめた。

「な、奈々夏ちゃん。そ、そんなところから、起きてたのっ」

「んふっ。起きてたもん。ばっちりと。何をされるかと思ったら脚を開かされて、恥ずかしい部分の匂いを嗅がれてっ……ハアハア言っちゃって……ああんっ、ホントにスケベッ。ナースにあんなヘンなことするなんて」

うわっ、終わった……。

あのヘンタイ行為が、最初からバレていたなんて。

顔どころか身体中が熱くなっていく。

「やだっ、顔真っ赤。んふっ、私の方が恥ずかしくて、もう死んじゃいたいくらいだったのにっ」

ふくれっ面《つら》をしながら、右手で肉竿をキュッ、キュッとシゴいてくる。

「くっ……ううっ、ち、ちょっと……」

春人が狼狽えると、奈々夏は得意の小悪魔フェイスで、切れ長の目を色っぽく細めて見つめてくる。

「だから、お返しっ」

根元からこすられる。

春人は「くっ」と声を漏らして、腰を震わせる。

「あんっ、先っぽから、いっぱい出てきた」

言われて見れば、鈴口からガマン汁を噴きこぼしている。

「ああ……だって、奈々夏ちゃんが可愛いのにこんなことして、しかも白衣で……」

「ふふっ。男の人って、看護婦さん好きよね。なんで？」

「そりゃあ、白衣の天使だからだよ。清潔感があって、優しくて……」

「清潔感ね。確かにそうだけど……ねえねえ、そういう白衣の天使だから、イタズラしたり、襲っちゃったりしたいって思ったの？」

「お、襲うって……」

「あんっ、おっきくなった。ウフフ。じゃあ、白衣を着たままで、エッチな格好になってあげる」

そう言うと、ペニスを離した奈々夏は、キャミソールをおっぱいの上端に引っかけたまま、ナース服の胸元をさらに大きく広げて美乳を見せつけてくる。

さらに白衣の裾をまくりあげ、ピンクの恥部を見せてくる。

「おお……エ、エロいよ。本物のナースがそんな格好で……」

「うふっ。こんなこと、したことないんだからっ」

「えっ、したことないって」

春人がちょっと驚くと、新人ナースは切れ長の美しい目元を吊りあげる。

「患者さんとなんかするわけないよ。でも、ああんっ、どうしてかなっ。あの……高宮さんじゃなかったら……こんなっ」

「ええ？　それって僕のことを……」

春人が訊くが、彼女は答えない。

きっと性感マッサージのせいなのだろう。

だが奈々夏にはそれがわかっていないから、春人のことを特別に意識していると思ってしまっているのだ。

まあ、それでいいか……。

奈々夏は春人の脚を開かせ、その脚の間で四つん這いになる。

怒張の根元を握ると、ゆっくりと身体を預けるようにして、口元を寄せてくる。

（おおっ！）

亀頭部に、チュッ、チュッと可愛らしい唇でキスされただけで、股間が滾る。さらにだ。

ゆっくりと上から頬張ってきて、ペニスが生温かい粘りに包まれた。

「くっ！」

チンポがとろけた。

（く、咥えられてる。こんな可愛い子に、洗ってないチンポを……）

あまりに気持ちよくて発射しそうになってしまう。

奈々夏はいったん勃起を口から離すと、ぺろぺろと亀頭の裏側を舐めながら、上目遣いに見つめてくる。

ナースキャップを頭に乗せたまま、胸元がはだけて、白い乳房が見えている。首から提げた病院のＩＤカード、そして白衣がまくれて見えている恥部。

ほ、本物の看護婦だぞ。しかもこんなに可愛い子に。夢みたいだ。

春人は両目を見開いた。

「あぁっ、すごい。エッチな白衣の天使だっ」

震えるような興奮で、思わず声を漏らした。

奈々夏は涼しげな目元をピンク色に染めながら、「ううんっ」と可愛らしく呻いて、ツゥーと舌を表皮に這わせてくる。

「ああ……可愛いっ、こんな可愛くてっ、エッチな看護婦さんがいるなんてっ、ああ、気持ちよすぎるよっ」

ひくひくしながら、呻くように言うと、奈々夏はますます情熱的にナースキャップを被ったままの顔を上向かせて、勃起を包むように先端を刺激しながら、唾液まみれの舌で亀頭冠の裏側の感じるところを舐めてくる。

「……ッ！」

痺れがきて、春人は悶えてシーツを握りしめる。

次の瞬間、またOの字にした口で頬張られ、温かい口内粘膜で分身をこすられる。

「ううっ」

とろけるような快感に、春人はうっとり目を細める。

ぐちゅ、ぐちゅ、という唾液の音を立てながら、奈々夏は顔を打ち振って、唇で表皮をシゴいてくる。

ナースキャップがゆっくりと動いていた。

白衣の天使が、汚い性器を口に咥えている。

その恐ろしいまでに性的な絵を脳裏に焼きつけようと、咥えているところをじっと見つめた。

「……むふんっ」

そんないやらしい視線を感じたのだろう。

奈々夏はちらりとこちらを見てから、すぐに恥ずかしそうに目を伏せる。

だが、少し顔の角度を変えて横から見れば、肉竿が可愛い口から出入りしているのがバッチリと見える。

「た、たまんないよ」

気持ちよくて、春人は目を閉じて、もたらされる快感を味わおうとする。

「んふっ、気持ちいいの？」

勃起をちゅるっと吐き出した奈々夏が、訊いてくる。

「あ、ああ……もちろん。あのっ……でもなんで、僕をっ……」

「あんっ、だって。高宮さん、経験なさそうだったし……ないんでしょ」

「え、あっ、いや……」

そうか、そういうことか。

この母性的なところは、ナースらしいなあ。

奈々夏が、目尻の切れあがった涼やかな双眸を向けてくる。

そして微笑むと、またぱっくりと咥え込んできた。

「ああっ……」

大きくのけぞったときだった。

ガラッと扉が開いて、病室に前田が戻ってくるのが目に入った。

6

(まずいっ)

春人は股ぐらに顔を埋める奈々夏を見た。

彼女も強張った顔をして、勃起を吐き出して様子をうかがっている。

ベッドの三方は白いカーテンで覆われていて、外からは見えない。

だが枕元の部分は、寝ている顔だけが見えるようになっている。

寝たふりしようかと思ったが、もう前田と目が合ってしまったから無理だ。

「は、早かったですね、検査」

春人が言うと、前田はベッドに横になりながら「そうかあ？」と言う。

「あーあ、つき添いのナースが、あんなおばちゃんじゃなくて、奈々夏ちゃんとかだったらなあ……」

前田が愚痴る。

股ぐらに座った奈々夏が「ふふっ」と小さく笑った。

「は、はあ。そうですね」

春人は頭だけ出したまま、前田と会話する。

し、しかし……どうしよう……。

まさかこのカーテンの中に奈々夏がいるなんて、夢にも思わないだろうな。

さて……どうやってごまかそう。

「でもさ、奈々夏ちゃんって可愛いよなあ。世の中には、あんな可愛い子とセックスしてる男がいるんだぞ。いいよなあ」

前田に言われ、ちらりと奈々夏を見てから「そうですね」と相づちを打つ。

「可愛い顔して、意外といい身体してるんだよなあ。あれ、おそらくおっぱいはFカップはあるぞ。おまえ、どう思う?」

言われて、思わず奈々夏のおっぱいを見てしまった。

奈々夏はさっと両手で乳房を隠すと、ジロッと春人を睨んでくる。

「ど、どうって……どうですかね」

「いいんだよ、カンで」

「カンって言われても……」

奈々夏の美乳が、頭の中をくるくるまわっている。

「い、Eカップかな……」

言いながら、奈々夏を見た。

カーテンに隠れた奈々夏は泣きそうな顔で、叩くフリをする。

「Eか……うーん。どうだろうなあ。今度調べておくとするか、スリーサイズ。ちなみに奈々夏ちゃんさ、昨日は水玉パンツだったんだぜ。結構透けててさあ。入院患者内でちょっと話題になったんだぞ」

「ええっ……」

春人は、カーテンの中にいる奈々夏を思わず見た。

もう耳まで真っ赤になって、ふるふるとかぶりを振っている。

(ああ、それで今日は気をつけて、グレーの下着にしたんだな)

「でさあ、その奈々夏ちゃんのスケスケ水玉パンティのせいでさ、琴美ちゃんから乗り換えるヤツが続出してる」

前田が興奮気味に言う。

「俺はやっぱ玲子先生派だけどなあ。おまえはどうよ。やっぱ、まだ琴美ちゃん一筋なんか？」

ヤバイ。

それを奈々夏に訊かれたらまずいっ。

「え……あっ……」

どうしようかと思って横目で見れば、奈々夏がジロッと睨んできた。

春人は前田に向かって、うーんと唸る。

「い、いやっ、それは……うっ！」

思わず呻き声が漏れる。

見れば、奈々夏がイタズラっ子の目をして勃起を咥えてきたのだ。

「ん？　どうした？」

前田が眉をひそめる。

春人は慌てて、咳払いした。

「な、なんでもないです」

（うわあああ……）

会話しながらも、下腹部は美人ナースにおしゃぶりされている。

（ま、まずいよ）

と、奈々夏に目で訴えるのだが、彼女は上目遣いにニッコリ微笑むと、再び情熱的に顔を打ち振ってくるのだ。

ああ……き、気持ちよすぎるっ

ナースキャップがさらさらと腹をくすぐってくる。

前田と会話しているのがつらくなってきて、相手の言っていることが聞こえなくなってくる。

「……て、いうわけだ」

前田がなにかを言った。

春人はもう「うんうん」と頷くしかない。

「……んんぅん……ううんン」

カーテンの中では、奈々夏が小さく色っぽい呻きを漏らして、献身的とも思えるほどに、一心不乱に頭を打ち振ってくる。

前田との会話に集中しようとしても、チンポがとろけるように痺れてきて、どうにもならないのだ。

「んふっ……」

奈々夏は咥えたまま、得意のニッコリ顔をする。

イタズラがすぎるよ、カーテンに隠れてるからって。バレたらやばいって……。

そう思ってかぶりを振るのだが、小悪魔ナースはおしゃぶりをやめるどころか、根元までも強くシゴいてくる。

（くうう……）

しかもだ。

四つん這いになった奈々夏の生ヒップが、もどかしそうに、ぷりんっ、ぷりんっと横に動いている。

イタズラしているだけでなく、感じてきているのは間違いなかった。

そんな悩ましい美人ナースの痴態を見せつけられて、興奮してしまうのも無理はなかった。

「でさ……」

前田は相変わらず、院内の美人ナースの話に没頭している。

その看護婦さんが、今、僕の股ぐらで、チンポをおしゃぶりしてるんですよ。

すごいでしょう。

僕のものなんですよ、奈々夏ちゃんは。

ものすごい優越感が湧きあがり、スリルと相俟って、射精前の甘い疼きがこみあがってきた。

ああ、も、もうヤバイって……。

春人は前田の隙をついて慌てて上体を起こし、奈々夏の顔をペニスから離させた。

奈々夏が「もうっ」という顔をするも、それならばと、今度は自分で白衣をまくって、大胆に春人の腰を跨いできた。

（えええええ！）

春人は大きく目を見開き、奈々夏を見た。

白衣の胸元をはだけた美人ナースが、騎乗位で患者の生のチンポを挿入しようとしている。

隣に……隣に患者さんがいるんだぞ！

そう思って焦るのだが、とろんとした目で見つめられると、なんとも色っぽくて、強くは抗えなくなっていく。

奈々夏がM字に開脚し、鎌首を持って自分のワレ目にめり込ませていく。

ああ……。

ゆっくりとチンポが奥に嵌《は》まっていく。

小柄だからキツいのだろう。それでも奈々夏は無理矢理に腰を落としきり、春人の勃起は新人ナースのおまんこに呑み込まれた。

7

「ンンッ！」

奈々夏は声を漏らしそうになり、慌てて自分の指の背を噛んで、喘ぎ声をガマンする。

（ああっ……全部入った）

膣中はキツキツで、締めつけがかなり強かった。

とろとろにとろけた媚肉が、びっくりしたようにギュギュッと食いしめつけてくるのだ。気を抜けば、ふっと発射してしまいそうになるので、春人はお尻の穴をキュッと締めた。

す、すごいっ。

寝そべったまま、左を向いて隣のベッドの入院患者の前田と話しているのだが、正面を向けば、カーテンに隠れた可愛いナースが、騎乗位で春人とつながっている。

こんな異様なシチュエーションで、興奮しないわけはない。

奈々夏は片手で口を塞ぎながら、もう片方の手を春人の腹部においてバランスを取りながら、くいっ、くいっ、と腰を前後に動かしはじめた。

（くううう！）

あまりに気持ちよすぎて、おかしくなりそうだった。

奈々夏はそれでも音を立てず、カーテンにへんなシルエットが出ないように気をつけながら、静かに腰を動かしている。

そして、そのゆっくりとした腰の動きが、逆にいい。

奈々夏は暑いのか汗ばんでいて、おっぱいにも汗粒がついている。

汗と体臭の濃厚な匂いに、春人はくらくらした。

もう隣の前田と会話なんかしたくないっ。

奈々夏と汗だくエッチを楽しみたかった。

ああ、もっと動きたい。

……そう思っていたときに、神様が来た。

年配の看護婦が入ってきて、

「前田さーん。ごめん、さっきの検査、間違えちゃった。もう一回だけ」

ぶつぶつ言いながらも、前田は看護婦の後について、部屋を後にした。

ドアが閉まり、春人と奈々夏は同時に安堵のため息をつく。病室はまた二人きりになった。

「お、驚いたよ。まさか……こんな、イタズラしてくるなんて」

春人が言うと、奈々夏はうっすらと口角をあげる。

「仕返しして言ったでしょ」

騎乗位でつながりながら、奈々夏がクスクス笑って身体を揺する。

その振動が、ペニスから春人に伝わってくる。

「くぅぅ……で、でも、どうしてっ、僕となんて……フェラだけじゃなくてセックスまで……」

「どうしてかしら……わかんない。でもシタくなっちゃったんだもん。琴美さんのことが好きなんでしょ？　琴美さんもまんざらじゃなさそうだし。だから、奪いたいって気持ちかな」

奈々夏がじっと見つめてくる。

春人は大いに驚いた。

「えー！　めんどくせえなあ」

「相本さんが、まんざらじゃないなんて、ま、ま、まさかあ……」

「んふっ、そんなに慌てなくてもいいよ。実はね、私、カレシと別れて、それから忙しくて、全然男の人とつき合うとかなくて、だから……」

玲子のリサーチ通りだ。やっぱり彼女は欲求不満気味だったのだ。

二十三歳のこんな可愛い女の子が、カレシもつくれないほど忙しいとは。

「ホント？　やっぱり看護婦って大変なんだなあ」

「んふっ、それだけじゃないけどね。高宮さんだからだよ」

奈々夏がマジマジと見つめてくる。

濡れきった瞳にドキッとする。

本当にそうなんだろうか。本心はわからない。

でも今は、そう思っておきたい。

「ねえ、突いて。すごく大きいのが、私の中、いっぱいになってる」

そうおねだりしながら、奈々夏が腰を揺する。

春人は白衣の腰をつかみ寄せて、下から腰を押しあげる。

「ああんっ……いいっ、いいわっ」

首から下げたＩＤカードが、奈々夏の身体の揺れに合わせて、外れそうなほど暴れている。

「はあん……ああっ、ねえ、ねえっ。キスしてっ」

上になっていた新人ナースは、前傾してナースキャップの乗っかっている頭を寄せてくる。

そして春人をギュッと抱きしめて、舌をからませてきた。

甘い唾液と、押しつけられたおっぱいの感触にチンポがビクビクする。

もっと味わいたいと、奈々夏の生尻をつかみ、グイグイと奥まで突き入れると、

「アンッ、あんっ……気持ちいいっ、オチンチンっ、高宮さんのオチンチンが中でかき混ぜてくるっ、あんっ、いやっ、あああんッ」

もうダメッとばかりに、キスをほどいてしがみついてくる。

そんな可愛い仕草でこられたら、もうたまらない。

奈々夏の尻たぶに指を食い込ませ、ずん、ずん、と下から腰を突きあげていく。

「あんっ、ああっ……すごいわっ、高宮さん、気持ちいいっ」

一撃、一撃をゆっくりと貫きながら、白衣のナースを抱きしめつつ、右手で下から乳首をいじり倒す。

「あんっ……だめっ……だめぇぇぇ……気持ちいいよぉ、よすぎるよぉ……」

乳頭部が感じやすいらしく、反応を楽しむようにおっぱいの先を指でひねったりしていると、

「あああんっ……あんっ……」

奈々夏の媚びが混じった声に、さらに切羽つまったような音色《ねいろ》が混ざり合う。

ぬちゃ、ぬちゃっ、と粘っこい淫汁の音がして、奈々夏の腰がうねってくる。

「あんっ、だめっ、ああんっ……イキそうっ、あんっ……イッちゃいそう」

「ぼ、僕も出そうだっ」

「だめっ、気持ちいいから。高宮さん、奈々夏より先にイッちゃ、ダメッ」

愛らしい声をあげながらも、しかし要求は厳しい。

「くううっ、わ、わかんないっ、無理かも」

春人は正直に言う。

そんなコントロールできるほど経験なんかない。

「そんな……ああんっ、じゃあ、もっと激しくっ……オチンチンで突いて。私の奥まで高宮さんでいっぱいにしてっ……あっ……あっ……」

奈々夏が顎をせりあげて、可愛らしく悶える。

春人は迫りくる射精の心地よさをなんとかやりすごしながら、下から媚肉にずんず

んと突き込んだ。

その時だった。

奈々夏の膣がキュウウと締まった。

「あっ、ダメッ……ああんっ、イクッ……あふんっ……イクゥゥ！」

奈々夏が叫んだ。

上に乗って春人にしがみついたまま、新人ナースは白衣のまとわりついた腰をガクンガクンと淫らに痙攣させる。

その動きに呼応して、切っ先に一気に熱いものがせりあがってくる。

「出るっ……あっ、出る……くううう」

春人は頭の中が真っ白になった。

あっ、と思ったときにはもう、膣奥にしぶかせていた。

「あんっ、すごいっ……熱いのいっぱい出てるっ……」

騎乗位の体位で射精するのは、はじめてだった。

奈々夏はぐったりするのかと思いきや、さらにギュッと抱きしめてくる。

「あんっ、だめっ……な、なにこれっ……またイッちゃう！　ああんっ、嘘、死んじゃうっ！　ああんっ、私っ、死んじゃぅぅぅ！」

奈々夏が耳元で叫んだ。

身体が小刻みに震え、腰が再びガクガクと大きくうねる。

(ああ！　れ、連続イキだっ！)

アダルトビデオで見たことがあるのだが、女性はイキッぱなしになることがあるらしいのだ。

まさにそれだ。

上に乗っている白衣の可愛いナースが、続けざまにイッているのだ。

「くうう……」

長い射精ののち、春人はようやくすべてを出しつくした。

奈々夏はしばらく抱きついたまま、ハアハアと肩で息をしている。目を閉じているのはエクスタシーの余韻に浸っているからだろうか。

「だ、大丈夫？」

春人が訊くと、

「お、降りられない……」

そう言うので、春人はギュッと抱きしめたまま身体を入れ替えて、ペニスをずるっと奈々夏から抜いた。

ナースキャップが取れかかっていて、激しいセックスの事後を物語っている。

白衣はところどころに、シミがついてしまっている。

「あっ、白衣、汚しちゃって……」

「いいよ、どうせ洗うし。ああん、でもすごかった……私、ホントに死んじゃうかもって……こんなになったことなくて……」

奈々夏がうるんだ瞳で見つめてくる。

ジーンとした。

病室でこんな可愛いナースとエッチして、しかも連続でイカせたのだ。

「ウフフ、すごい癒やされたかも、ありがとう高宮さん」

小悪魔ナースが珍しく素直に礼を言う。

「いやそんな……」

照れて頭をかいていると、奈々夏が上体を起こしてキスをしてくる。

「んん……」

舌をからめるキスをしていると、なんだか腰がまたムズムズしてきてしまい、自分でも恐ろしくなってきた。

第四章　新人ナースにふしだら治療

1

検温時間になり、琴美がやってきてベッドの仕切りのカーテンを閉めた。

春人の入院着の前を開き、体温計を脇に挟んでくる。

「すっかり傷口もよくなったわね」

クリッとした大きな目を向けてきて、琴美が微笑んだ。

もう一週間も毎日顔を合わせていれば、これだけ可愛い女性といえども、免疫らしいものがついてきて、ようやく普通に話せるようになった。

それなのに昨日、奈々夏が、

『琴美さんも、まんざらじゃなさそうだし』

なんて言うもんだから、意識してしまっている。

そんなことあるんだろうか？

こんな地味な男を、まんざらでもないと思っている、だなんて……。

相手はテレビに出てくるようなアイドル顔の美人である。

二十六歳の女盛りで独身。

スタイルバッグンで、白衣の上からでもそのプロポーションのよさがはっきりわかるほどである。

奈々夏や玲子、それに受付嬢の沙織も美人ではあったが、やっぱりS病院のナンバーワンは琴美さんだっ。

しかしその四天王のうち、三人とエッチなことしちゃったんだよなあ。

とたんに顔がほころんでしまう。

三十八歳の人妻女医、玲子。

三十歳の人妻、受付嬢の沙織。

二十三歳の小悪魔チックな新人ナース、奈々夏。

ああ、入院してよかった。

盲腸さん、ありがとう。すごく痛くて死ぬかと思ったけど。

しかしなあ、まさか自分が「リア充」になれるなんて……。

リアルな世界が充実している、本当に今「リア充」だ。

学生時代、クラスのイケてる「陽キャ」男子や女子が、恋愛話に花を咲かせていたとき、春人は「陽キャ」たちに無視されていた。

ああ、そのときの「陽キャ」男子たちに自慢したいっ。

こんな美人たちとエッチしたんだぞ。

そして、アイドル級の美人看護婦と、こんなに仲良くなったんだぞって。

しかしだ。

琴美の場合は、この三人とはまたちょっと違う。

というのも、比べものにならないほど真面目で、つけいる隙がなさそうなのである。

と、琴美がすっと脇の体温計をとろうと身を屈めて近づいてきた。

ワンピースの白衣越しのおっぱいに、目が吸い寄せられる。

(くううう、いつ見ても、おっぱい大きいっ)

そして琴美が後ろを向く。

白衣のお尻もぷりんとしている。

なのに、ガードはかなり堅い。

「そうそう。奈々夏ちゃんから聞いたわよ。高宮さん、マッサージがものすごくうまいって」

琴美から思いもよらぬことを切り出された。

「え?」

おお、奈々夏ちゃん。ありがとう。

「ま、まあ……そうですね」

「今度、私もお願いできるかしら?」

「も、もちろん」

き、きたっ。

実は玲子から、次は琴美をマッサージしてくれと言われていたのだ。

ちょうどよかった。

「じゃあ、のちほどナースステーションでお願いしてもいい?」

琴美がニッコリしながら言う。

あーあ、と春人はがっかり肩を落とした。ナースステーションでエッチなんかできない。この堅いガードを破るのは、どうすればいいんだろう。

「あらっ?」

ふいに琴美が床を見て、言った。

「これ、奈々夏ちゃんのボールペンじゃないかしら？」

琴美が言いながら、ベッドの横でしゃがんだ。

「え？　ボールペン？」

あれだ。奈々夏が白衣の胸ポケットにいつも差しているヤツ。

騎乗位で揺さぶったときに落ちたんだ。

「あ、いいですよっ。拾っておきますから」

春人は慌てた。

よく考えれば、慌てる必要なんかないのに、なぜか焦ってしまった。

慌てていたので、ベッドサイドの小さなテーブルに手がぶつかり、飲みかけのペットボトルが床に落ちた。

「キャッ！」

ちょうど屈んでいた琴美の背中に、ペットボトルの水がバシャッとかかる。

「わっ！　ご、ごめんなさいっ」

「あんっ、冷たいっ」

琴美は立ちあがった。

「やん、もう……ねえ……濡れてる？」

琴美は困った顔をしながらも、くるっと向いて白衣の背中を見せてきた。

白衣の背中はぐっしょり濡れている。

いや、それだけならまだいい。

濡れたせいで白衣が素肌にくっつき、肌色はおろか、ブラ線がくっきりと浮き出ていた。

（おおおっ……）

琴美の白衣に、ブラジャーが透けているっ。

「ぬ、濡れてます。ごめんなさいっ」

春人は入浴用にと用意していたタオルで、琴美の背中を拭いた。

「あっ、いいわよ。着替えもあるし……」

琴美はくるっと前を向いた。

前の方は濡れていないから、ブラジャーは透けていない。

「い、いや……でも拭いた方が……」

「ウフフ。いいってば。気にしないで」

琴美はカルテを持って、カーテンを開けようとした。

ま、まずい。

このまま廊下を歩かせたら、男性患者たちのオカズにされてしまう。

「ち、違うんです。その、琴美さん。背中が濡れてるから、ブラジャーのラインが透けて見えてるんですっ」

思いきって言うと、琴美の顔がカアッと赤くなった。

「あ、あの……タオルを背中に入れてくれない？」

「ああ、なるほど」

とりあえず急場しのぎか。

琴美がベッドの端に座り、こちらからは見えないように、白衣の前ボタンを外していく。

う、うわっ。うわわわ……。

琴美はそうして、白衣を肩からずるっと落とした。

真っ白い背中と、ナースキャップで髪をまとめているうなじ、そしてベージュのブラジャーのバックラインまでが、目に飛び込んでくる。

ああ、琴美さんの背中とブラジャー。

うわあ、なんか背中からいい匂いがするっ。

や、やばいっ。入院着のズボンの前が大きく突っ張った。

「どうしたの？」

肩越しに琴美が訊いてくる。

「あ、すみません」

春人はハンドタオルをふたつに折って、背中に入れてやる。

その背中の美しさに、春人はもうガマンできなくなった。

ちょっとだけイタズラ心が湧いて、例の玲子直伝のその気になるツボを、指でグイッと指圧する。

「ひうっ……あぁっ……」

とたんに、悩ましい声が漏れて琴美は背を伸ばした。

「な、なに……今の？」

琴美が肩越しに見つめてくる。

「今、ついでにちょっとマッサージもしてみまして……」

「ついでにって……あ……あ……」

と、ぐっと指で押せば、琴美は可愛らしい喘ぎ声を漏らして、背中をググッとしならせる。

琴美の口からハア……ハア……と、切ない吐息が漏れ、白衣の襟が次第に落ちてきて、なめらかな肩が少しずつ見えてきてしまっている。

か、感じてきているぞ。

琴美は超がつくほど真面目だ。

いまなら、ちょうど隣の前田は検査でいないし。別の入院患者は明日かららしいので、四人部屋は春人と琴美だけだ。カーテンも閉まっている。

お、押すしかない。

そもそも玲子からの依頼でもあるのだからと、思いきって琴美の腰を持って、ぐいと引っ張った。

「あっ……！」

「キャッ」

バランスを崩し、春人が下になってしまう。

覆い被さってきた琴美の柔らかな肢体に、息がとまるほど興奮した。

ブラジャー越しのバストのボリュームのすさまじさに、春人は色めき立つ。

首筋から香る甘い匂いが、噎せ返るほど濃厚だった。

「な、なにをするの……っ」

琴美が抗う。
だけど、あのツボを押したはずだから、大丈夫だ。
いやもいやよもなんとやら、だと思う。
春人は背中を抱いていた手を下ろしていき、琴美の白衣越しのヒップをまさぐる。
「あんっ！」
琴美がビクンッと身体を震わせる。
うわっ、柔らかい。
だけど思ったより、お尻は大きいっ。
二十六歳という成熟味と若々しさを兼ね備えている尻にうっとりする。
「ああっ、琴美さんっ、好きなんですっ」
思わず言ってしまった。
だけど後悔はない。
春人は琴美の肩を抱き、くるりと半身を入れ替え、彼女をベッドに押し倒した。
「えっ、え？　あ……好きって……やんっ。だ、だめっ……」
琴美が顔を真っ赤に染めあげて、困惑した表情を浮かべている。
大きな目と小高い鼻と薄い唇。

可愛らしい丸顔にナースキャップがよく似合っている。

いつもはもっとほんわかした雰囲気だが、組み敷いてみれば、成熟した女の色気をムンムン感じる。

た、たまらないっ。

春人は顔を寄せて、美人ナースの濡れた唇を奪った。

「んん……ッ」

琴美はくぐもった声を漏らし、両手で春人を押し返そうとする。

しかし春人はそうはさせまいと、唇を重ねながら体重を預けていく。

「んっ……ンフッ」

琴美が苦しげな息を吐くも、噛んだりはしてこなかった。

ああ、あああ！

ついに琴美さんの唇を奪ったんだ。

頭が痺れておかしくなりそうだった。

（ああ……琴美さんとのキス、気持ちいい……）

あわいに舌を差し込み、ねちねちとベロ同士をからめていると、琴美の唾液が流れ込んできて、春人のツバと混じり合っていく。

甘い匂いと味が、春人の口の中にも広がっていき、ますます勃起する。

「ンン……！　い、いやっ！」

琴美がキスをほどいて身をよじると、春人の目の前で、白衣をはだけたブラ越しの豊かなおっぱいが、ゆっさ、ゆっさと揺れ弾む。

な、なんてデカいっ……。

春人は覆い被さるようにして、右手でブラジャーごと胸のふくらみをつかんだ。

(うわわ……や、柔らかい)

ついに琴美さんの乳房を揉んじゃった……夢心地だ。

「ああっ……」

琴美がいやいや、と顔を横に振りたくる。

ナースキャップをつけた髪から、ふあっと甘い匂いが立ちのぼる。

春人はさらに揉んだ。手に余るほど乳房の上端のたわみが、ブラジャーのカップとともに指に伝わってくる。

たまらなくなって、さらにむぎゅ、むぎゅっと、形をひしゃげるように揉みしだいていくと、

「だ、だめっ……ああンッ……ああァ……」

背をのけぞらせながら、琴美がセクシーな声をあげはじめた。

えっ……琴美さんって、こんなエッチな声を出すの？

もともと、色っぽい声質をしていた。

だが今の感じたような声は、なんとも悩ましく、眉根を寄せた泣きそうな表情と相俟って無性に興奮してしまう。

（やはり抵抗はおざなりだ……いけるっ）

きっとそうだと決めつけて、遠慮なく琴美の唇を再び奪う。

同時にブラジャーのカップから乳首がこぼれんばかりに強く乳房を揉みあげて、ハミ出た薄ピンクの乳首を指で捏《こ》ねてやる。

「ンンンッ！」

琴美は眉根をつらそうに寄せて、ビクッ、ビクッと震えている。

息づかいが荒くなり、もうキスもしていられないと、振りほどくように小顔を横に振り、

「ハア……ハア……アアんッ、だめっ……アアンッ」

と、セクシーボイスを放ちながら、とろんとした双眸で見つめてくる。

ああ、なんてことだ。

S病院のナンバーワン美人看護婦は、感じたときの声と仕草が、こんなにも色っぽいのだ。

何度、琴美を抱いたところを想像しただろう。

だが現実の琴美は想像していたよりも、はるかにセクシャルだった。

春人の頭がカアッと灼《や》けた。

股間が入院着のズボンを突き破らんばかりに、ドクッ、ドクッと脈動している。

春人は手のひらで白衣越しに身体のラインを撫でるようにしながら、乱れた白衣の裾からのぞく太ももを撫でつける。

「ああ……やんっ……だ、だめっ……だめだってばっ」

琴美が身悶える。

語尾にハートマークでもつきそうな、甘ったるい声になっている。

聞いているだけで、チンポがビクビクしてしまう。

春人は右手で、白ストッキング越しのすべすべした太ももをさする。

そのムッチリとした太もものたわみを味わいつつ、いよいよワンピースの白衣の中に、右手をすべり込ませた。

「あっ……！」

琴美は目を見開き、いやいやをする。

白いパンティストッキング越しに、柔らかい肉がある。

こ、琴美さんのおまんこだっ。

「いやっ……いやッ……」

それ以上はやめてとばかり、太ももがギュウッと内側に閉じられて、春人のイタズラする手を締めつけてくる。

なんという柔らかさと、しなりだ……。

心臓をバクバクさせながらも、春人はなんとか圧迫してくる太ももの中で手を動かして、柔らかな秘部に人差し指を置いた。

春人は「えっ」となった。

白いパンストのクロッチ部が湿っている。

布地が柔らかくなっていて、パンストの上からでも琴美の恥ずかしいスリットの形状がわかる。

軽く押すと、くにゅ、とわずかに指が沈み込む。

やっぱり、ぬ、濡れている。

猛烈に興奮して頭が痺れきった。

も、もうヤルしかないっ。

チンポを入れるっ。琴美さんとつながるんだっ。

それだけを思って、自分の入院着のズボンに手をかけたときだ。

「いやっ……！」

琴美が両の手で、思いっきり突き飛ばしてきた。

春人はズボンを脱ぎかけていたからバランスが取れず、ベッドから落ちた。

「ぐぎゃっ……！　あつつつ」

腰をさすりながら見あげれば、ベッドの上からナースキャップを被った美人看護婦が、白衣の前ボタンを嵌めながら心配そうに見つめていた。

「ごめんなさいっ。でもっ、軽蔑するわ」

琴美はそうすっぱり言うと、パタパタとサンダルの音を鳴らしながら、部屋から出ていってしまった。

あれ？

マッサージが効かなかったの？　なんで？

春人は呆然と、琴美が出ていった病室の扉を眺めることしかできなかった。

2

その夜。

病室の仕切りのカーテンに隠れて、春人は奈々夏とキスをしていた。

春人はベッドに寝そべって、上半身だけを起こしている。

奈々夏はそのベッドの脇に立ち、春人の様子を見るフリをして、他の患者にバレないように、チュッと唇を合わせてきたのである。

深夜だから隣の前田はすでに寝ていた。

暗がりの部屋の中で、奈々夏はそっと懐中電灯で照らしてくれている。

その明かりの中、ふたりは恋人同士のように舌をからませて、チュッ、チュッと唾液の音を響かせながら、濃厚なベロチューにふけっている。

「んふっ……ンンッ……」

奈々夏が興奮してきたのか、春人の頭を抱えるようにして、情熱的に舐めまわしてきた。

甘い唾液と舌や唇の感触にたまらなくなり、春人も白衣の背に手をまわす。

深夜の病室で、こっそりと夜勤の美人看護婦とチューしているなんてっ。

これはモテる男がすることだぞ。

もう琴美さんより、奈々夏ちゃんだっ。

琴美から拒絶されたショックで自棄《やけ》になり、激しく舌をからめていく。

すると、キスをほどいた奈々夏がじっと見つめてきた。

「琴美先輩と、なんかあったんでしょう」

ギクッとした。

「え、どうして……」

「ここから戻った後、ずうっと機嫌悪かったもん。ねえ、何をしたの？」

「な、なんにもしてないよ」

「嘘。襲ったりしたんじゃないの？」

図星だったので、顔が強張った。

奈々夏は愛らしい切れ長の目をさらに細めて、ウフフと笑う。

「そういうことするんだ、高宮さんって。じゃあ、私にもしてよ」

と、可愛い新人ナースが耳打ちしてくる。

「ええ！」

「シーッ！」

奈々夏が唇に人差し指を当てる。

「そ、そんなの……できないよ……」

と言いつつも、奈々夏の過激なお願いに、にわかに股間がビクついた。

奈々夏が囁いてきたのは、縛《しば》られて犯されてみたい、という信じられない欲求だった。

「地下に使ってない手術室があるから。ねっ、いこ。私、もう休憩時間だし」

奈々夏が甘えるように言う。

けっこう小悪魔な感じでSっぽいのに、意外とMなんだな。

だったら、こっちもしてもらいたいことがある。

男の夢だ。今まさに、そのチャンスだ。

これを逃したら、二度とないぞ。

「じゃあ、行く前に下着を脱いで」

「え？」

小悪魔ナースは首をかしげるも、すぐに目の下を赤く染めた。

「ぬ、脱ぐって、脱いでどうするの？　私のパンティとブラジャーが欲しいの？　ああんっ、高宮さん、やっぱりヘンタイっ」

「違うよ。いやっ、欲しいけど……ノーパンノーブラに白衣だけって格好で、病院の中を歩いて欲しいんだ」

言うと、奈々夏が恥ずかしそうに頰までピンクにして、かぶりを振る。

「ダメーッ！」

さらに奈々夏は、手でバツ印をつくる。

「だーめっ。やだっ……そんなの無理。万が一、他の人に会ったりしたら、どうするのよっ」

「大丈夫じゃない？　ちょっと透けるくらいだし。それに、夜中だから誰にも会わないよ」

「えー、会うよ。けっこうみんな忙しく働いてるんだよ」

そう言われてもだ。

見たいっ。

素っ裸に、白衣一枚。

白衣に透けるおっぱい。白衣に透けるヒップ。

そんな格好の看護婦さんなんて、アダルトビデオでしか見たことない。

「お願いっ。エッチなナースになってよ。そしたら、すごい燃えるからっ」

「やん、もうっ。目がすごくいやらしいよ。やっぱりすごいスケベだわ、高宮さんって」

奈々夏はそう言いながらも、白衣の前ボタンを外していく。

(おおっ、今日はキャミソールではなくてブラジャーなんだな。地味なベージュか)

そしてくるりと後ろを向き、白衣を肩から抜いてから、両手を背中にまわす。

ホックを、ぷちっと外すと、ブラジャーを器用に袖から抜き取った。

服を着たままブラジャーを外せるなんて……。

そういえば中学生のとき、女子生徒がやっていたなあ。

奈々夏が外したブラをポケットに入れようとしたので、春人は「待って」と声をかけて、手を差し出した。

「……あとで返すから」

そう言うと、奈々夏はジロッと睨むも、ブラジャーを手渡してきた。

うわああ、奈々夏ちゃんのおっぱいのぬくもりがっ。

いますぐブラカップの内側に顔を埋めたいが、さすがにそれは自重する。

奈々夏は前ボタンを改めてはめていくが、ノーブラの乳房の形が、白衣にくっきりと浮いて、妙にいやらしい感じになった。

乳首も完全に浮いている。

ノーブラだということが丸わかりだ。

「ああんっ……ホントに大丈夫っ？」

奈々夏は不安を口にしながらも、今度は白衣の裾をまくりあげて、白いパンティストッキングとベージュのパンティを前屈みになって、剥き下ろしていく。

「そ、それも、こ、こっちに……」

興奮気味に言うと、奈々夏は目を細めながらも、それも春人に手渡した。

脱ぎたての生パンティだっ。

春人は奈々夏から手渡された下着をポケットに突っ込んで、彼女の後ろについて一緒に部屋を出た。

深夜の病院はやはりシンとしている。

廊下を歩きはじめたときだった。

「ああ……」

奈々夏が前のめりになって、持っていたカルテで胸を隠す。

「だめだよっ、隠しちゃ」

春人が言うと、奈々夏はうつむいたまま、すっとカルテを離した。

（おおうっ！）

奈々夏の白衣の胸元を見て、春人は目が釘づけになった。

白衣がこんもりと盛りあがった胸の頂《いただき》に、突起物が透けて見えている。ち、乳首が白衣に浮き立って……。

しかもさっき病室で見ていたときより、かなり乳頭が勃起している。

さらに奈々夏の背後にまわれば、うっすらと深い尻割れが、白衣に浮いているのが見えた。

やはりパンティがないと腰つきが悩ましかった。

ノーパンノーブラの、可愛い白衣の天使だ。

それが深夜の病棟を歩いているのだ。なんというたまらないシチュエーションだろう。

「ああん、恥ずかしいよっ」

奈々夏が眉をひそめて、隣で歩く春人に訴える。

だけど大きな瞳がぽうっと潤んでいた。

「恥ずかしがってる奈々夏ちゃん、すごいエロいよ。これ、男の患者さんと会っちゃったらヤバいかも」

とか言ってるうちに、入院着を着た若い男の患者が、前から歩いてくるのに気づいた。

奈々夏がぴたりと足をとめる。

「そのまま歩いて。胸を隠さないで」

春人が小声で言う。

奈々夏は胸をカルテで隠そうとするも、キュッと唇を引き結んで、だらりと両手を下ろした。そして、少しうつむき加減で歩きはじめる。

「こ、こんばんは」

奈々夏が、前から来た若い患者にぎこちなく頭を下げる。

「え……あ……」

男も頭を下げるが、奈々夏の挙動がおかしいのに気づいたようだった。

そのとき、男の視線が奈々夏の白衣の胸に注がれたのがわかった。

男は訝《いぶか》しげな表情になって、呆然と立ち尽くして奈々夏の胸のふくらみを通り過ぎるまでガン見している。

春人が振り向くと、男は奈々夏の白衣のヒップや生足に目を向けていた。

ふふ、そうだよ。

察しのとおり、このナースさんは下着を身につけないで院内を歩いてるんだ。

そんなことを言ってやりたい衝動に駆られる。

「やばっ、あの人、完全に奈々夏ちゃんのおっぱい見てたね」

廊下の角を曲がってから春人が意地悪く言うと、奈々夏は耳までを真っ赤にして、バシンと春人の肩を叩いた。

「いじわるっ」

だが、その目はうつろで、何かに魅入られたようだ。

そのあと何人かの患者には会ったものの、騒ぎにはならずに地下の手術室にたどり着いた。

照明のスイッチを入れて、内側からドアに鍵を掛ける。

手術室は使っていないからなにも器具はないが、部屋の中央には古いタイプの手術台だけが置いてある。

「これ？」

訊くと、奈々夏は小さく頷く。

すでに顔が上気して真っ赤だった。

ノーパンノーブラで歩くのは。かなり恥ずかしかったようで、脚がいまだに震えている。

(ああ、やっぱり可愛いな……)

怯えた新人ナースを改めて見つめる。

ショートヘアの似合う小顔に、ナースキャップがよく似合っている。

黒目が大きくクリクリしていて、ややあがり気味な猫目がとてもキュートだ。

ちょっとキツイ印象なのは、目尻があがっているせいだ。

だけど、大きくて丸い目をしているので愛嬌もある。

小柄でスタイルもよくて、小悪魔的で可愛い。そんな彼女を男が好きにならないわけがないのだ。

奈々夏が見あげてきた。

完全に瞳がウルウルと潤みきっている。

今の羞恥プレイで燃えあがったのは、間違いなかった。

「ああっ……奈々夏ちゃん」

春人は興奮気味に奈々夏を抱きあげて、手術台に彼女の身体を乗せるのだった。

3

（おおお……）

春人は目の前にある刺激的なナースの格好に目を見張った。

奈々夏は手術台の上で白衣のまま、大股開きで拘束されている。

タイル張りの無機質な部屋の天井からは、大きなライトがぶらさがり、縛られた白衣の天使を照らし続けている。

ほっそりした腕は、頭上にバンザイするように掲げられ、ヘッドレスト部分に医療用のゴムチューブできつく括《くく》られている。

両脚は無残にも左右に広げられた状態で、足台に革ベルトで拘束されている。

手術台は両足を置く部分が開くようになっているので、奈々夏は無理矢理に脚を広げられているのだ。

「こ、こんな感じ？」

春人が訊くと、奈々夏は恥ずかしそうに顔を横に向けながら、こくっと静かに頷いた。

こういうのはやったことがないが、妖しい気分が高まるのは確かだ。

というか、奈々夏はこんなアブノーマルプレイを、いつも考えているんだろうか。

これ、カレシだったら引くかもしれないな。

(ああ、そうか……)

自分は、奈々夏にとってカレシ候補でもなんでもないんだな。

だからこんなことを頼めるのだ。

がっかりするも、それならそれで割り切ってやろう。

春人は奈々夏の開いた脚の間に陣取ると、手を太ももの奥に差し込んで、生の内ももを撫であげる。

「ああっ……」

奈々夏の眉がつらそうにハの字になり、背中が弓なりにそり返った。

「すごい。太ももが汗ばんでるっ。興奮してるんだね」

奈々夏は「違う」という風に、かぶりを振る。

だが太ももを揉むだけで、縛られた奈々夏の身体がくねりまくっている。

もう感度があがりきっているのは間違いない。

それにしてもだ。

太ももの、ぶわんと押し返してくる弾力が、二十三歳の若さを感じさせてたまらなかった。

春人は奈々夏の白衣の前ボタンを開く。

ノーブラのおっぱいが露わになる。

乳頭部の薄ピンクの乳首は尖《とが》りに尖って、もうピンピンだった。

「おおっ、こ、こんなにっ。すごく乳首が大きくなってる」

「いやっ……い、言わないでいいからっ！」

奈々夏が身をよじれば、おっぱいがふるるんっ、と揺れる。

恥ずかしそうにしながらも、両手は頭上で縛られて、両足も拘束されているから、奈々夏にはどうにもできない。

(やばっ、興奮するっ)

春人は調子に乗って、乳首をキュッとつまんでよじり立てる。

「あっ……あんっ……」

奈々夏が甲高い声を漏らして、ビクンと震える。

さらに人差し指と中指の股に乳首を挟んで、くにくにと転がした。それが意外によかったのか、

「ああんッ」

と、彼女が大きな声をあげてしまう。

（あっ、やばっ）

「ここって、誰も来ないの？」

訊くと、奈々夏が、うーんと考えた。

「この部屋には来ないけど、地下のフロアには人が来るかも」

「ええっ。じゃあ、あんまり声出したら、まずいよね」

「だ、出さないからっ、そんな声」

「いや、出てたよ。すごいエッチな声」

「いやんっ、嘘」

「ホントだよ、だから……」

春人は何かないかと、自分の入院着のポケットを探る。

すると、先ほど奈々夏から奪ったパンティがあった。そのまま持ってきたのだ。

ポケットから丸まった下着を取り出すと、奈々夏がつらそうに眉をひそめた。

「いやっ、出さないでっ。なんで今、出すのっ」

「いや、あの……口をね、ご、ごめんっ」

とっさに春人はナースキャップをつけた奈々夏の頭を押さえつけて、パンティを口にねじ込んだ。

「ムゥッ？ ムゥウゥ！」

奈々夏が怯えた顔でいやいやする。

「声が聞こえたらまずいから」

言うと、奈々夏は自分の下着を咥えさせられたまま、顔を横にそむける。

すごく演技っぽいが、口惜しそうな顔がそそる。

春人は唾を呑み込み、奈々夏の白衣の裾を腰までめくりあげてやる。

「うっ、ううう……」

奈々夏が恥辱に呻き声をあげながら、太ももを内側によじらせる。

だが、大きく開かれた脚は、いくらもがいてもわずかにねじれるだけで、恥部は完全に丸出しだ。

わずかに開いたスリットの奥の媚肉が、ぐちゃぐちゃに濡れそぼっている。

ツンとする濃い性臭は、奈々夏の独特の匂いだ。

小悪魔ナースはクラクラするほど、おまんこからいやらしい匂いを発して、ぬるっとしたものをあふれさせているのだった。

「すごいっ、もうこんなにぬるぬるに……」

春人は指で、こぼれる甘密をすくいとり、奈々夏の眼前にちらつかせる。

「ン……ンンッ……」

奈々夏は恥ずかしそうに、何度も顔を打ち振った。

4

ぬちゃ、ぬちゃ、といやらしい音をさせて、膣孔の入り口を指でかき混ぜながら奈々夏を見つめる。

口の中にパンティをつめられた新人ナースは、白い喉元をさらけ出すほどに白衣の身体をのけぞらせ、「ンンッ、ンンッ」と悩ましい声を漏らしている。

両手をバンザイさせられて、両足は大きく開かされて革ベルトで手術台の上で固定されている。

ナースキャップは外れそうになるほどに、さかんにかぶりを振っている。

細い眉をいっそうつらそうにたわめ、目を閉じて長い睫毛を震わせている。

色白の肌はわずかに赤みがさしていて、妖しげな手術室の中で、女の情感をムンムンと匂わせている。

（あぁっ、やばっ、もうガマンできない）

春人はもう一刻も待てなくなった。

入院着を脱ぎ、ズボンとパンツを下ろす。

そそり勃つものを見た奈々夏が、ちらりと見て、うっとりと目を細めている。

「ああ、このまま入れるよっ。奈々夏ちゃんを縛ったまま、犯しちゃうよ」

興奮気味に言えば、奈々夏は「ムフンッ」とくぐもった声を漏らして、身体を強張らせる。

「悦んでるんだね、いくよ」

カチカチの怒張を強引に膣孔に押し込めば、力を入れずともぬるっと滑り込んでいき、

「ンゥゥ……！」

奈々夏が目を見開き、クンッと顔を跳ねあげる。

同時に進入したペニスを膣がキュッと食いしめてくる。

「おおう……すごいよ。すごい締まりだっ」

温かな潤みと締めつけを味わいながら、グイッと奥まで挿入すれば、

「……！」

奈々夏は目を見開き、深々と差し込まれた衝撃を、ぶるっ、ぶるっと受けとめている。

ああ、感じてるっ。

というか、こんなに相手のことを観察できるようになったんだなあと、春人は誇らしい気分になる。

「う、動くねっ」

「ん、んフッ」

奈々夏はくぐもった声を漏らし、「だめっ、だめっ」というように身をよじらせる。しかしだ。

ネチャ、ネチャと音をさせて、狭い肉路をグイグイと力強く打ち込めば、

「ンンン……ンンッ！」

口を塞がれた奈々夏は、いっそう白い喉元をさらし、眉間に悩ましい縦ジワを刻んで、打ち込みの衝撃に感じまくっている。

目元がねっとりと赤らみ、宙を見つめる双眸がゾクゾクするほど色っぽい。

春人は手術台のナースの腰を持ち、力強くストロークした。

「ンッ……ンンッ、んんっ！」

奈々夏がビクン、ビクンッと震える。

ちょっと苦しそうだ。

慌てて口中のパンティを取り出してやると、奈々夏はハアハアと息をしてから、

「あっ……だめっ……ううんっ、うううんっ」

もうこらえきれないとばかりに、喘ぎを噴きこぼす。

春人は前傾して、硬くなった乳首を吸い立てて、右手で乳房を捏ねまくりながら、腰を大きく抜き差しさせる。

「あんっ……ああっ……ああっ」

大きな目が怯えることもなく、すがるように見つめてきている。

「もっとして、ああんっ、奈々夏を犯してっ」

奈々夏の瞳は潤みきって、なにかに取り憑《つ》かれたように、表情もうつろになっている。

両手を頭上でくくられ、脚も大きく開いた状態で拘束されている。

その状態がよほど感じるのか、いやいやしながらも、おまんこからはしとどに愛液を漏らしている。やはりだ。やはりMっ気があるらしい。

春人はもう猛烈に昂ぶって、激しく腰を動かした。

手術台がギシギシと音を立てるほど強く穿《うが》ち、狭くてぬかるむ美人ナースの膣襞へ何度も何度も叩き入れる。

「あんっ、ああんっ……ああンっ」

奈々夏がうっとりした表情をして、切実な目を向けてくる。

「イキそうっ、あんっ……イッちゃいそう。ねえ、イッていい？　奈々夏っ、もうだめっ」

大声で言うのだが、興奮に煽《あお》られていて、もうどうでもよくなっていた。

奈々夏をイカせたかった。そして同時に、このふくらんでくる愉悦を、縛られたナースの中にぶちまけたくなった。

「いいよ、イッて。イッていいよっ」

息を荒げながら突き込むと、奈々夏はフッと目を閉じて、つらそうにキュッと眉を折り曲げた。

そして身体を震わせると、

「あっ、ダメッ……ああんっ、イクッ……あふんっ……イクゥゥ！」

奈々夏が叫んだ。

艶《なま》めかしい声を漏らし、新人ナースは腰をガクンガクンと淫らに痙攣させる。

「こっ、こっちもだ、おおっ……出るっ……あっ、出る……くううう」

一気にこみあがってきたものが決壊し、奈々夏の奥に注ぎ込む。

脳味噌が吹っ飛びそうな気持ちよさだった。

「はぁぁぁぁ」

奈々夏は大きく深呼吸した。

そして同時に、きりきりと身体を強張らせる。

「ああんっ、み、見ないでッ、高宮さんっ……私を見ないでっ。ああんッ……！」

膣がまたギュッと絞られた。

見れば、下腹部がいままで見たこともなく激しく前後にうねっている。

「す、すごいイキッぷりだ」

「いやんっ、見ないでってて……」

しばらく震えていた奈々夏は、やがてぐったりして目を閉じた。

ハアハアと息を荒がせている新人ナースの表情が、なんとも淫らすぎて、春人はまた昂ぶってきてしまう。

ああ、退院するのがもったいなくなってきた。

第五章　あこがれ美女のお見舞い

1

春人は十日ぶりに自宅のアパートに戻ってきていた。

といっても退院したわけではなく、自宅でこなさないといけない会社の仕事があったので、外泊許可を玲子からもらったのだった。この仕事だけはやらないと、上司に怒られる。

あと二日かあ。

盲腸の術後は順調だから、本当はもう退院してもいいらしい。

だが、玲子から「癒やしのマッサージ」の依頼があったから、ちょっと退院を延ばしてもらって働いていたというわけだ。

しかし、それもそろそろ終了して、さすがに職場に戻らなければならない。それの期限が明後日というわけだ。

それにしても、病院で働く女性たちをうまく癒やせただろうか。

まあ概《おおむ》ねなんとかなったと思うのだが、問題は本命の琴美だった。

彼女にだけは「その気にさせるツボ」も効かず、険悪なままである。

玲子に訊くと、琴美を意識しすぎたからツボがズレたんじゃないかと言っていた。

確かにそうかもしれない。

(まあ、琴美さんは無理だよ……僕の手には負えない)

しかし、美人女医や魅惑の人妻受付嬢やら、小悪魔ナースらと関係を持てたのだ。

ちなみにそれ以外にも、玲子に言われ、三人の女性をマッサージしたから計六人。

これからはそれを自信にして……。

(うん？)

自宅アパートで机に座っていると、急にザアザアと激しい音がしてきた。

窓を見ると、暗がりに雨粒が見えるほどの土砂降りだ。ゲリラ豪雨だろう。

珍しいな、天気予報が大外れだ。

明日はやむかなあと、ぼんやり考えていると、玄関のチャイムが鳴った。

なんだこんな深夜に。しかもこんな雨の日に。

インターホンのボタンを押して「はい」と答えると、

『……ごめんなさい、急に。相本です』

え？

一瞬、誰だかわからなかった。

だがその涼やかな声で、すぐにハッとなった。

「す、すぐ行きます」

こ、琴美さんだ。

なぜここに琴美さんが？

わからぬままドアを開けると、ずぶ濡れの琴美が立っていた。

「ああん、いきなり降られて……ごめんなさいっ」

「い、いやっ、そのどうしてっ……とにかく、入ってください」

慌てるも目が吸い寄せられたのは、琴美の胸元だ。

白いシャツにベージュのフレアスカートという清楚な格好だが、雨にたたられて完璧にブラが透けていたのだ。

こ、琴美さんのブラジャー。

レース模様まで浮いちゃってるっ。

しかもおっぱいの肌色まで見えている。改めて、揺れるほど大きいんだと、ドギマギした。

彼女が入ってきたとたん、古いアパート内に、急に甘い女の匂いが充満してくる。

「あっ、待って。このまま入ったら、濡れちゃうわ」

確かに足元を見れば、ストッキングもぐっしょりで、フローリングの廊下に足跡がついている。

「いいですよ、別に。あ、でもとりあえず、バスタオル持ってきますから」

春人は慌てて脱衣場に向かう。

しかし、どうしてここがわかったんだ。

いや、それよりもなんでここに？

わからない。

わからないが、とにかくバスタオルだ。

洗濯機の置いてある狭い脱衣場に行き、重ねて置いてあるバスタオルを一枚だけ取った。

なんかくしゃくしゃだけど、まあ拭くだけなら大丈夫かな……。

とそのとき、バスルームが視界に入り、春人は「ああ」と思った。

あれだけぐしょ濡れなら、シャワーを浴びてもらったほうがいいんじゃないか?

その間に服をドライヤーかなんかで強引に乾かせば……。

いや、待て。

と、泊まるってのはどうだ。

もう夜も遅いし、急がないならどうぞ泊まっていってもらって……。

いやまさか。それは無理だろうな……。

頭の中で妄想しながら玄関に戻ると、琴美がスカートをまくって、ストッキングを脱いでいるところだった。

うわっ、太もも。それに、パ、パンティ。ベージュだ。

琴美は春人を見ると、爪先からストッキングを抜いて、パッとスカートの乱れを直す。

「バ、バスタオルです」

春人はドキドキしながら、それを手渡す。

「ありがとう」

琴美はお礼を言いながら、濡れた髪を拭く。

いつもはナースキャップで髪を留めてアップにしているから、下ろしているところは初めて見る。

肩までのセミロングヘアが、いつもより大人っぽく感じられた。

二十六歳のしどけない色気に、もう心臓がバクバクする。

しかし、どうしてここに来たんだろう。

気になって仕方がない。

「あ、あの、どうして……ここに」

春人の言葉に、琴美は恥ずかしそうにしながらも、大きな目を向けてくる。

「だ、だって……いきなりなにも言わずに退院するなんてっ。なんか水くさいっていうか……だから、玲子先生にあなたの電話番号を聞いたのよ。そしたら教えてくれなくて、住所だけ言うから行ってみたらって」

玲子先生？

どういうつもりなんだろう。

「退院は明後日ですよ。今日は外泊許可を取っただけで……」

「えっ……？　そ、そうなの？　だって玲子先生が……」

「日にちを間違えたんじゃないですかね」

いや、きっとわざとだろう。

琴美さんとの距離をつめさせるために、玲子先生は間違ったフリをしたのだ。

きっとそうに違いない。

「間違えた？」

「そうですよ。玲子先生忙しいし……それに僕が琴美さんに何も言わずに、いなくなるわけないじゃないですか」

必死に言うと、琴美はホッとしたようだった。

「琴美さん、僕がいなくなって、気になってここにっ」

ジーンと感動しつつ琴美を見れば、彼女はアイドル顔を赤らめて、ぷいっとそっぽを向いた。

「ち、違うわよ。あ、あんなことして、何も言わずにいなくなるなんて……」

「あ、あれはっ……」

好きだからです、と言いたかった。

だが、また軽蔑する、なんて言われたくない。二度フラれたくない。

へんな沈黙が続き、琴美が頭を下げた。

「ごめんね。急に来て。帰ります」

と、ぐしゃぐしゃに濡れたパンプスを履き、玄関のドアを開ける。

だが、雨足はもっとひどくなっていて、とてもじゃないが、外に出られる状態じゃなかった。

琴美は一旦ドアを閉めると、少し考えてから口を開いた。

「この辺、タクシーを拾えるところはあるかしら」

「かなり歩かないと大通りに出ないです。それに、その琴美さんの格好じゃ、乗せてくれないかも……」

「確かに……どうしよう。傘も意味なさそうね」

彼女は再び、ちょっと考え込んでいる。

ここだ。今だ。言うんだと、春人は勇気を振り絞る。

「あ、あの……シャ、シャワー、浴びます？」

声が裏返った。

ヤバい。意識しすぎた。

案の定、琴美はちょっと眉をひそめた。

完全に警戒している。

「ち、違うんですっ。その間に、ドライヤーで服を乾かしますからっ」

「でも、外に出るとまた濡れちゃうんだよ」

「あ」

それはそうだ。

呆けていると、琴美がクスクス笑った。

ああ、可愛い。

どうしてこんなに可愛いんだ。

「……なにもしないよね」

琴美が頬を赤く染め、春人を見つめてきた。

え！

一瞬、心臓がとまりかけた。いや、とまったかもしれない。

「し、しませんっ」

また、クスっと笑われた。

「……じゃあ、借りるね」

琴美が言う。

春人の頭はバラ色に染まった。

あの琴美さんがウチでシャワーを浴びるっ。

ということは、ウチで裸になるんだ。服を全部脱いじゃうんだ。

S病院のナンバーワン美人看護婦が、ウチで裸にっ。

と興奮しつつも春人は冷静を装い、

「じ、じゃあどうぞ……リビングの隣ですから」

玄関からすぐのところに、キッチンのついたダイニングがある。八畳一間のLDKというヤツだ。

「……あら、意外とキレイにしてるのね。というか、こんなに物がないの？」

琴美がリビングを見て言った。

そしてベッドをちらりと見てから、すぐ視線をそらした。

ワンルームだから、当然、寝るためのベッドがある。

琴美の目にも確実にベッドが映ったはずだ。

「えーと、ここが洗面所兼脱衣所で」

そう案内しながら、リビングの右手側のドアを開ける。小さな洗面所があり、その隣の磨りガラスがバスルームで反対側のドアがトイレだった。

「すみません、狭くて」

「ありがとう。あとでドライヤー借りていいかな」

「服もそうだけど、下着も乾かさなきゃ。ぐっしょりなのよ」

「え、いいですよ」

え！

また思わず、ブラの透ける胸元に目がいってしまう。

琴美はそのいやらしい視線に気づいたのか、手で胸元を隠しながら、

「バスタオルはこれ使うね」

と、さっき渡したタオルを脱衣のかごの中に置く。

「あ、は、はい。あの、ごゆっくり」

春人はドアを閉めて、リビングに戻る。

そして、はあっ、と思いっきりため息をついた。

下着までぐっしょり。

琴美さんのパンティとブラジャーがぐっしょりっ。

ああ、なんてことを言うんだ、琴美さん。

妄想しちゃうじゃないかっ。

思い出したが、この人は超がつくほど真面目だけど、天然だった。

もしかしたら「へんなことしない」という春人の言葉を信じて、いろいろと危うい

ところを見せてくれるかもしれない。
くうう、ど、どうしよう。
とりあえず、温かい珈琲でも出そう。
春人はキッチンのコンロでお湯を沸かし、インスタントの珈琲を用意する。
用意しながらもチラチラと、脱衣場のドアを見てしまう。
あの琴美さんが、自分の部屋にいる。
しかもシャワーを浴びているのだ。その事実に心と身体が追いつかない。
先日、襲ってしまったときのことが頭をよぎる。
あのおっぱいの大きさ、柔らかさ……乳首もちょっと見えた。愛らしいピンクだった。
スタイルはバツグンで、しかも……。
しかもだ。ちょっぴり愛撫しただけで、パンティが湿っていた。
感じていたのだ。感じていたから、あんなセクシーな声を出したんだ。
(あ、やばっ)
股間のふくらみがキツくなり、緊張しておしっこが近くなる。
おしっこ?

ああ、そうだ。僕はおしっこがしたいんだ。

ドキドキしながら、脱衣場のドアに手をかける。

なんせ脱衣場を通らないとトイレに行けないんだから、仕方がない。

「すみません、入りますっ」

結構大きな声をあげているのだが、向こうから返事はない。

脱衣場のドアをそっと開けると、シャワーの音がした。

(聞こえてなかったたな)

と、バスルームの磨りガラスを見れば、琴美の裸体の肌色が動いていた。

うわわ……。

ぼんやりとだが、おっぱいのふくらみや、裸体のラインまでがなんとなくわかる。

ああ、向こうに琴美さんの裸がっ。

これを開けたら、一糸まとわぬ彼女の裸体が拝めるのだ。

でも当たり前だが、開けたらいろいろ終わる……。

後ろ髪を引かれる思いでトイレに入り、出てもまだ琴美さんのシャワーは終わっていなかった。

思わず下着を探してしまったが、おそらく脱衣かごの服の下に隠されているんだろう。さすがにそこまで迂闊《うかつ》ではないようだ。

春人はリビングに戻って、所在なくうろうろした。

この先、どうしよう。

外は相変わらずひどい雨で、タクシーを拾うにもそこまで歩いたら、傘をさしていても、またぐっしょりと濡れてしまう。

せっかくシャワー浴びたのに、それはいやじゃないか？

それにタクシーの配車アプリを見たけれど、タクシーが全然いなくて、つかまえられそうもない。

ということは……と、と、泊まるしかないじゃないか。

股間のもっこりがさっきから全然おさまらなかった。

なにもしない、と宣言したものの、さすがに泊まるとなったら、彼女もその気になるんじゃないのか。

と思ってソファに座っていると、脱衣場のドアが開き、濡れ髪のままの琴美が顔を出した。

2

（ああ……！）

春人は両目を大きく見開いていた。

ひょこっと顔を出した琴美は、風呂あがりでムンムンと身体から湯気を立ち昇らせ、バスタオルを巻いて、おっぱいを隠していた。

バスタオルで押さえつけているようだが、胸の谷間がすごくて、春人はもう目が離せなくなった。

「ごめんね。Tシャツかなにか、借りられるかしら」

「あ……ああっ、ちょっと待ってください」

そうか。当たり前だが、着替えなんか持ってきているわけがない。

春人は部屋の隅にあるクローゼットを覗く。

Tシャツと短パンなら、ぶかぶかだが、まあ隠れるだろう。

（琴美さんが僕のTシャツや短パンを着るなんて……）

これは自分が夢を見た、つき合っている男女そのものだ。

セックスしたあとに、着替えがなくて男物の服を着るという、イチャラブの世界観丸出しではないか。

「ねえ、高宮くん。ちょうどいいのなかった？」

背後で琴美の声がした。

「いえ、短パンとTシャツが……」

ん？

い、今、すぐ後ろで声がしたぞ。

ハッと振り向くと、琴美がバスタオルを巻いただけの格好で立っている。

息がつまった。

琴美の乳房から太もものつけ根までが、なんとかギリギリで隠れている。

だが、おっぱいの谷間はかなり見えているし、ムッチリした太ももは丸見えだ。

白い素肌が眩《まぶ》しかった。シャワー後だから、少し肌がしっとり濡れていて薄ピンクにほんのり上気している。

髪は生乾きで、クリッとした大きな目が、「大丈夫？」と、まるで弟を見るように心配している感じを出している。

「あんっ、あんまりじっと見ないで。ん？　これなに？」

琴美が手を伸ばしてくる。

ふわぁっと甘いリンスと、ボディシャンプーの匂いが漂ってくる。

なんで同じものを使っているのに、自分の匂いとまったく違うんだろう。

琴美がクローゼットの棚から取ったのは、やけにケバケバしいパッケージだった。

「あ、ああ、それっ」

思い出した。

中身は量販店で売っている、コスプレ用の安い偽物《にせもの》のナース服だった。

ショッキングピンクのナース服で、てらてらと光沢があって、ビリビリと破けちゃいそうな薄い布地だ。

「……ウフッ。やあだ。もともと看護婦さんが好きだったの？」

「ち、違いますっ。去年クリスマスのときに友達から冗談でプレゼントされて……捨てるのももったいないからって」

パッケージにモデルが着た写真がある。

ナース服は超ミニのワンピースタイプでジッパーがついており、ご丁寧に紙ナプキンみたいなナースキャップもついているようだ。

「それ、着ます？」

思わず、言ってしまった。
琴美はバンビみたいに黒目がちの目を、ジロッと向けてくる。
「まあ、それでもいいわよ、なんとか隠れそうだし」
え、嘘。着てくれるの？
隠れそうって、パンティのことだよな。
いや、待てよ。そもそも今、彼女はノーパンノーブラじゃないのか？
ってことは、このピンクのナース服を素肌の上に着るつもりだとすると。
おいおい。
お、おまんこが見えちゃうぞ。
「やん、すごくエッチな目をしてるよっ。向こう見ていて」
「えっ……は、はいっ」
春人はくるりと後ろを向いた。
頭の中が、くらっとする。
こんな安っぽいコスプレナース服を、琴美さんが着てくれるなんてっ。
するっ、するっと、背中越しに薄い布地のこすれる音がする。
（ほ、ホントに着てるっ）

琴美の声を聞いて、ドキドキしながら振り向くと、エッチ過ぎるナースが立っていた。

「はい、いいわよ」

うわああ……。

ジッパーは胸の辺りまでしかあがらないので、バストの上乳があらわになってしまっている。いや、そもそも薄手だから乳頭がくっきりと透けているのだ。

(ノ、ノーブラっ。ってことは下も穿いてないの?)

もしパンティを穿いてなかったとしたら、超ミニの裾は、かろうじて陰部を隠しているだけ、ということになる。

「なんか目が血走ってるよ……すっごくいやらしい」

琴美は頬を赤く染めて、目を伏せた。

「そ、それは見ますよっ、だって……」

春人はコスプレナース服姿の琴美を、じろじろと見た。

「あの、パ、パンティは……」

思わずたしかめると、琴美が目の縁を赤く腫らして、こちらを見つめてきた。

「やんもうっ。ヘンタイっ。下は穿いてるわよっ」

琴美が挑発的に、ナース服の裾をつまんだ。

わずかに裾が持ちあがって、ベージュのパンティがチラッと見えた。

ちょっと待って。

こ、こんなのっ、こんなの、たえられないよ。

押し倒してしまおうと思った。

でもだ。

でも、琴美さんはなんでこんな挑発的なんだろう。

そう思いながら、なんとかガマンしていると、

「ねえ、私の身体、そんなに興奮する？」

琴美が大胆なことを訊いてくる。

やっぱりヘンだ。

「も、もちろんじゃないですかっ」

一応、答える。

「そうなんだ」

「そ、そうですよ、病院で琴美さんのナース服を見て、何度オカズにしたことか」

「ええっ？」

琴美が驚いた顔をする。

しまった、と慌ててももう遅かった。

「あんっ、ホントにエッチね」

怒られる、と思った。

だが、春人を見つめる琴美の目が、妙に妖しく潤んでいる。

「もうっ。私の身体でオナニーするために、こんなエッチなナース服を着せたのね」

琴美が美貌を寄せてくる。

「ち、違いますっ……ぅんんっ！」

甘い息がかかったと思った瞬間、彼女の唇に塞がれて、ぬるりと舌が入ってきた。

ああっ、こ、琴美さんっ。

琴美さんの方からキスしてくれるなんてっ。

くちゅくちゅと唾液の音をさせながら、熱くて甘いキスをしていると、うっとりと脳みそがとろけていく。

甘い唾液に噎せ返るような柔肌の匂いも、濃厚すぎて痺れそうだ。

春人は琴美を抱きしめたまま、ベッドに行って押し倒した。

超ミニの偽ナース服がめくれてしまって、ベージュのパンティが丸見えになっている。

「ああ……琴美さん……」

下になった琴美を見つめた。

超がつくほど真面目な琴美さんが、「どうしてっ」という意味を込め、じっと視線を交わす。

すると琴美が、ようやく話してくれた。

「私、自信がなくなっていたの。つき合っていた人がね。私じゃその気にならないかって、浮気して……」

「えっ……そ、そんな人間がいるんですかっ」

正直に思った。

琴美を抱きたくない男が、この世にいるはずがない。

「わかんないけど、彼はそうだったわ。だからね、すごく自信がなくなっていて落ち込んでいて……」

「それで今日、こんなこと……」

「そうよ。私の身体で興奮してくれたのが嬉しいのよ。でも、それだけじゃ……身体目当てじゃないのかなって、それで……ちょっと試してみたのよ。こんな風にいろいろ挑発したら、襲いかかってくるんじゃないかって、この前みたいに」

「こ、この前のことは……」

あれは玲子から依頼があったから、強引にしてしまったのだ。

でも、それはもちろん言えなかった。

「ウフフ……でも、今日はガマンしてくれたのね。しないって言ったら、すごくエッチな目で見てたけど」

「それは、もちろんっ……んんっ」

琴美が手を下に持っていって、ズボン越しのふくらみを撫でさすってきた。

「こんなに硬くして……ウフッ。ずっと苦しそうだったわね」

しなやかな指で優しく勃起を撫でられる。

3

(ああ、琴美さんがっ、琴美さんがこんなエッチなことを……)

真面目でも、二十六歳の成熟した女性であることには変わりない。それを春人は改めて感じて、ズボンの股間を大きくしてしまう。

琴美は口づけしつつ、春人のズボンの股間をさすりながら、

「ンッ……ンンッ……」

と、喘ぐような呼気を漏らして、腰を物欲しそうにせりあげてくる。

春人は唇を合わせながら、同じように手を下に持っていき、偽ナース服がまくれあがって露わになったパンティに触れる。

(なんだ……これ、すごい……)

琴美の下腹部はムンとした熱気に帯びていて、布地の上からでも湿り気がわかるほど、しっとりしている。

「ぬ、濡れてますっ」

「ああ……いやっ……」

ベッドに仰向けになっている琴美は、顔をそむけて腰をよじった。

春人はパンティの上端から、右手をすべり込ませる。

「あぅ……」

琴美がビクッと震えて腰を引いた。

繁みの奥にワレ目がある。指を入れて、その濡れように春人は息を呑んだ。

「もうこんなに……」

とろとろとした亀裂を指でなぞれば、

「ン……ンフッ……あんっ……い、いやっ……」

とたんに琴美は恥じらい、腰をもどかしそうにくねらせてくる。

春人は指を抜き、ズボンとパンツを下ろして、シャツを全部脱ぎ去った。

股間はもう硬くそりかえっている。先端はガマン汁でぬらぬらだ。

「あん……やだっ……すごい……」

薄手のナースキャップと、ピンクの超ミニ丈ナース服を着た琴美が、うっすらと目を開けて春人のチンポを見た。

見られたことで、また漲《みなぎ》りが増す。

「も、もう入れたい。琴美さんのおまんこに、僕のチンチンを今すぐ入れたいっ」

興奮でとんでもないことを口走ってしまう。

しかし、琴美は恥じらいつつも、見つめてきて、

「いいわ、入れて……」

そう言いながら、顔を背けて身体の力を抜いてくれた。

琴美が受け入れ体勢を取ったことで、春人のペニスが、グンとそった。臍《へそ》までつきそうなほどだ。

春人は琴美のパンティに手をかけて、一気に引き下ろす。

「ああ……」

下腹部を丸出しにされた恥辱から、琴美は咽《むせ》び泣くような声を漏らして、顔を横に大きくそむける。

股を開かせ、繁みの奥のピンク色のぬめりに右手を持っていく。

「くぅぅ……ぅぅん」

琴美が顎をせりあげ、ぶるぶると震える。

右手で触れたワレ目は、もう粘着性の蜜でぐっしょりと湿っていて、沼地のようにぬかるんでいる。

もう、欲しがってるっ。

春人は、ベッドに仰向けになった琴美の両足を大きく広げさせて、M字に開脚させる。

コスプレナース服を着せたまま、というのがたまんないっ。

本物の看護婦さんに偽ナース服でコスプレをさせて、セックスしちゃう。そんな禁忌に身体が震える。

鼻息荒く、いきり勃ちを濡れたとば口にあてがった。

「あっ……くぅぅ……」

たったそれだけで、琴美はビクッとして大きくのけぞり、シーツを握りしめる。

もしかして久しぶりなのだろうか。

仕草が可愛すぎるっ。

「い、入れますよ」

琴美の顔を見ながら小さな穴に切っ先を押し当てる。

軽く力を入れる。

切っ先がゆっくりと沈み込み、粘膜が広がって亀頭を押し包んだ。ペニスが熱いものに包まれて、締めつけられる。

「くっ！　あああぁッ、だ、だめっ……」

膣内への挿入を感じた琴美が、眉間に悩ましい縦皺《たてじわ》を刻む。

春人はさらに奥まで突き入れる。

「あんっ、か、硬いッ」

完全に根元まで咥え込まれた。

琴美はハアハアと息を荒げ、目を閉じて長い睫毛を震わせていた。

色白の頬にピンクが差し、目の下はねっとり赤らんで、女の情感をムンムンと発散させていた。

（い、色っぽい……）

たまらずわずかに動かすと、琴美が「あっ」と喘いで、見つめてくる。

「ああん、高宮くん……春人くんのオチンチンで、いっぱいにされてる」

名前で呼ばれて、距離感が縮まったのが嬉しい。

というよりも、もうつながっているのだ。エッチしちゃっているのだ。距離感はもうゼロだ。

琴美がつらそうにしながらも、ウフフと笑う。

「あ、な、なんですか」

「だって、春人くんとだよ……患者さんとなんて。それに、手術前に泣きそうになってた、弟みたいだった男の子のオチンチンが、私の中に入ってるんだもん」

「ああ、ぼ、僕も信じられませんっ。あの琴美さんの中に、チンチンを入れてるなんてっ」

「ああん、でも、心配しちゃって、あなたのこと、すごく気になっていたの。そしたら、なんか顔を見ないと安心できないっていうか……ああんっ」

こ、告白されたっ。

夢みたいだった。

たまらない。さらに押し込んだ。

太い幹が琴美の体内をこすりながら、奥まですべりこんでいく。

「ああっ、そ、それ……だ、だめっ……」

琴美は優美な細眉をキュッと折り、結合の衝撃に耐えている。

だが、やはり琴美は大人の女性だった。

快感に腰をうねらせはじめて、ペニス全体をキュッと優しく締めつけてくる。

「ううっ、僕、軽蔑されてたと思ってました」

春人は快感に呻きつつ、思いを吐露する。

「はあっ……ああ……ああんっ、だって、いきなりあんなことするからっ。しかも病室で。まだ気持ちの整理もついてなかったのに」

「でも、僕っ、あれからずっと泣きそうでしたよ。つらかったですよっ」

ちょっと拗《す》ねたように言うと、琴美が慈愛に満ちた目を向けてくる。

「あん、ごめんね、許して。じゃあ今日は、いっぱいしよ……」

と、つながったまま潤みきった目で見つめて、背中に手をまわしてきた。

春人も琴美の偽ナース服姿の肢体をギュッと抱きしめる。

量感あふれる巨乳がむぎゅうと挟まれてひしゃげている。

抱きしめたまま舌をからめたキスをしつつ、腰を動かした。

ああっ、すごい。

キスしながら、膣奥でペニスが締めつけられるっ。

うう……口も、チンポも、琴美さんとつながっている。

「あん、突いて……もっと……ああっ……」

口を離した琴美が、かすれた声でそう言ってくる。

腰を動かすと肉棒と膣粘膜がこすれて、じゅぷっ、という粘性の音が聞こえた。膣奥がギュッと勃起を押し包んでくる。

「ハア……ハア……ああンッ……ああンッ」

きたっ、琴美さんのセクシーボイスだ。

この甘い声を聞いただけで、チンポが爆《は》ぜそうになる。

春人はピンクのナース服の上から、ノーブラの乳房を鷲《わし》づかみにして、荒々しく揉みしだく。

「あああ……」

琴美が眉根を寄せた顔で訴えてくる。

春人はナース服のジッパーを下げて、前を開いてやる。

豊かなおっぱいが揺れ弾んでいる。

春人は乳房を揉みしだきながら、正常位のままに上体を丸め、大きな乳房に顔を埋めていく。

するとおっぱいの温かなぬくもりと、むっとするような汗ばんだ湿り気、そして乳肌の甘い匂いに包まれる。

「あんっ、オチンチンが中でビクンっ、て。おっぱい好きなのね」

そう言って、琴美は両手で春人の後頭部をギュッと抱き、乳房を顔に押しつけてくる。

おおうっ、両パイの狭間に……か、顔が……息ができないっ。

苦しい。でも、おっぱいにムギュムギュされて、ここは天国だった。

琴美の手が緩むと、春人は頭を少しあげてから、巨乳にしては小さめの薄ピンクの乳首を舌でとらえた。

「ああンッ」

ビク、ビクッと小刻みに痙攣しながら、彼女は歓喜の声をあげる。

さらにチュッと吸いあげると、「あんっ」と声をあげながら、膣内のペニスをギュウウと締めあげてきた。

「おおう」

春人は歓喜に腰を震わしながらも、少しずつ硬くなっている乳首を口に含み、舐め転がしたり、甘噛みしたり、はては指でくりくりしたりする。

「ぁあああ……あああ……」

すると琴美は目をギュッと閉じて腰を浮かし、持ちあがった尻をくねらせてくる。

「くううっ、き、気持ちよすぎますっ」

濡れきった媚肉に突き入れているだけでもすさまじい愉悦なのに、琴美が腰を動かしながら、ギュッと根元までも締めつけてくるのだ。

気持ちよすぎる。そして、それは琴美も同じようだった。

「ああんっ……私、イクッ……イッちゃいそう……」

感極まった声を漏らしながら、琴美は潤みきった目をまっすぐに向けてくる。

その悩ましい顔を見て、春人もぐんと昂ぶった。

ナースキャップは外れて、ミドルレングスの黒髪を振り乱し、真っ赤に上気した顔を向けて琴美は必死に哀願する。

ミニ丈の安物ナース服は、もうほとんど脱げかかってしまっている。

「ああっ、琴美さんっ」

渾身《こんしん》の力で突くと、ぬちゃ、ぬちゃ、と水をかき混ぜるような音がひどくなり、絶え間なく愛液が漏れはじめる。

「くうう、ああ……で、出るっ」

春人が叫んだ。

琴美はとろんとした目で春人を見つめながら、

「ああんっ、いい、いいのっ。出してっ、琴美の中に、春人くんの、ちょうだいっ……ああんっ」

「い、いいんですか」

「いいのっ。欲しいのっ」

ねだられたら、もうとまらなかった。

ズンズンと奥まで突き入れると。豊かなバストが目の前でぷるん、ぷるんと揺れている。

春人はさらに腰を強く穿つと、膣奥がキュンキュン締めてくる。

「ああ、ああっ、こ、琴美さんっ」

春人は汗ばみつつ、ひとすらに奥を打ちすえていくと、

「ああっ、あああああん……だめっ……あああんっ、イクッ……」

と叫んで、琴美は弓なりに背をグーンと大きくしならせた。

もうまったくガマンできなくなってきた。チンポの奥が痺れて、熱い物が亀頭の先にせりあがってきている。

「……くっ、出しますっ、琴美さんの中に出しますっ」

出るっと感じた瞬間、春人はもう琴美の膣内に、どくっ、どくっと熱い精液を放っていた。

「ああんっ、きてるっ……すごく熱いっ」

琴美は痙攣しながら、歓喜の声をあげた。

長い射精だった。

春人は愛おしい人を抱きしめて、注ぎ込む至福に酔いしれながらも、恋人同士ように熱いキスを交わすのだった。

4

「明日退院だっけか？　早えもんだなあ。俺も来週には退院だ」

隣のベッドで寝そべっている前田が告げてきた。

「来週ですか。よかったですね。いろいろお世話になりました」

春人が返す。

「まあな。琴美ちゃんや奈々夏ちゃん、受付の沙織ちゃんも……ああ、名残惜しいなあ。もうちょっとで落とせたのになあ」

「ええ、前田さんっ、まじっすか。誰を？」

向こう側のベッドにいる西村《にしむら》が、驚いた声をあげる。

「え……そりゃ、琴美ちゃんだよ」

前田の言葉に、西村と隣の川瀬《かわせ》という男も「おおお！」と声をあげる。ふたりは昨日から新規で入ってきた入院患者だ。

「いや、待ってくださいよ。琴美ちゃんって、あの可愛すぎる子でしょう？　あの子はヤバすぎますって。すげえ」

と川瀬。

「まあな。退院した後にデートに誘おうかなってさ」

前田が得意げに言う。

ペットボトルの水を飲んでいた春人は「ぶっ」と吐き出しそうになってしまう。

ああ、言いたいっ。
琴美さんは僕のものなんですけどっ。
アイドルみたいな看護婦さんは、これから僕の専属ナースになるんですっ。
昨日のことが頭をよぎる。
琴美とは連続で三発、朝も一発してしまった。
夜の三回目なんか、
『もう……っ、何回するつもり……？』
と琴美は目尻に涙を浮かべて、ギュッとしがみついてきていた。
そのくせ三回ともきっちりイッたのだ。
可愛くて仕方がない。
そして、つき合いたいと告白し、ＯＫをもらったのだった。
奈々夏ちゃんも、沙織さんも……大好きだけど、やっぱり琴美さんだ。
などと思っていたら、女医の玲子が部屋に入ってきた。
（おおっ……！）
驚いたのは、珍しく白衣の前を開けていたからだ。
白いシャツの胸元が大きく盛りあがっている。春人はもちろんだが、前田たちの目も玲子のおっぱいに釘づけだ。

三十八歳の色っぽい人妻女医のおっぱい。

ちょうどさっきも、「玲子先生のおっぱいって何カップなんだ」とみなで議論していたところだ。

(あー、でも僕は、玲子先生のこのおっぱいを見てるんだよな)

乳首がどんな色か、揉み心地はどんな感じか……前田に言ったら驚くだろうな。羨望の目で見られるだろう。

くーっ、女性のことで嫉妬されてみたい。

玲子は春人の横に来た。

「ちょっと来てもらえるかしら。お話ししたいことがあるの」

「は、はい」

春人は入院着のままで、玲子のあとについていく。

前田がククッと笑っていた。説教されると思っているらしい。

廊下を出て並んで歩いていると、すぐに玲子が言ってきた。

「よかったわね」

「え?」

「琴美ちゃんのことよ。つき合うことになったんでしょう」

「よく知ってますね」

「そりゃあねえ。でも、嫉妬するわね」

玲子は前から歩いてきた医師に、軽く会釈しながらさりげなく言う。

「い、いまなんて？」

「私、キミのこと好きって言ったのよ。前にも言ったと思うけど」

ドキッとした。

「あ、あれは冗談かと……」

すると、並んで歩いていた玲子がすっとこちらを向いた。

彫りの深い日本人離れしたエキゾチックな美貌に、軽くウエーブした肩までのボブヘアがよく似合っている。

「まあ、なんというか、好きは好きだけど、人妻だしね。しちゃだめだと思ってたの。でもね、私の身体でキミみたいな若い子が興奮するなんて……ずっと気になってたのよね。こんなおばさんでもイケるのかなって」

「……玲子先生をおばさんだなんて……」

「私のこと、抱きたい？」

大胆なことを言われた。

「実はね、看護用のバスルームがリフォームされたんだけど、男性と女性ふたりで入ると、どんな感じか試してみたかったの」

ドキッとして、心臓が口から飛び出しそうになった。

そ、それって風呂でエッチするってことじゃないか？

エレベーターで三階にあがり、別棟に行く。

廊下の突き当たりの左側に「浴室」と書かれたドアがある。

玲子はためらいもなく、解錠《かいじょう》してドアを開ける。

ああ、ついに玲子先生とヤレる……。

絶対無理だと思っていたのに、あのダイナマイトボディを抱けるんだっ。琴美には悪いと思うのだが、どうしてもこの欲望には抗えなかった。

中に入ってみる。

一般家庭の脱衣場よりも、ちょっと広いくらいだ。ただ、転ばないように手すりが壁にたくさんついている。

「先に入っていて。お湯は張ってあるから」

玲子は中を点検しながら言った。

いいのか、いいんだよな……思いながら入院着を脱いで、バスルームに入る。

浴室も手すりが多いくらいで、普通の家庭のバスルームと同じだ。

春人は桶《おけ》でかけ湯してから、湯船に身を沈めた。

「はあ……」

湯気が籠《こ》もる中で、春人は湯を両手ですくって、じゃばじゃばと顔を洗った。

しかし、信じられないな。

盲腸で入院して、こんなにいい目にあえるなんて。

と思っていたら玲子が入ってきて、一糸まとわぬ裸体をバスタオルで隠しながら、湯船の近くにしゃがんで湯桶でかけ湯をする。

ああ、やっぱりすごいスタイルだ。おっぱいもお尻もおっきいっ。

湯船の中の股間が、力を漲らせた。

「緊張しなくてもいいわよ」

「は、はい……」

「じゃあ入るわね」

玲子が静かに湯船に入ってきた。その際にバスタオルを取ったから、ほんの一瞬、セクシーなフルヌードが見えた。

「……ふたりは余裕で入れるわね」

玲子が背中を見せる。アップにした髪からほんのり甘い匂いが漂う。白いうなじがなんとも色っぽく、ほっそりした肩も女らしくてたまらない。

そしてこちらを向いて、にこっとしてくる。

お湯の中に、おっぱいや股間の繁みが見えている。

も、もうたまらない。

「い、いいんですね。ホントに」

「なにが？」

玲子が首をかしげる。この意地悪さが玲子らしい。

「せ、セックス……セックスしてもいいんですよね」

「あん。目が血走ってるわよ。そんなに私の中に、オチンチン入れてみたいの？」

「も、もちろんです。だって、そのために……呼んだんじゃ」

「抱いてとは言ったけど、オチンチンはどうかしら」

その言葉に春人は「からかわれたんだ」と思い、シュンとしてしまう。

しょげていた春人の眼前に、すっと美貌が寄ってくる。

「めげちゃって。可愛いわ」

すっと唇で口を塞がれて、軽くキスされてから口づけがほどかれた。

「ウフフ。サービスしてあげるわね。ちょっと腰を浮かせて」

「えっ、こ、こうですか？」

湯船の中でブリッジすると、玲子が、大きなおっぱいを股間に近づけてくる。

えっ、ええっ！

玲子の深い谷間に、硬くなったチンポが挟み込まれる。

「おばさんの柔らかいおっぱいじゃないと、しにくいのよね、これ……」

と言いつつ、玲子は湯船の中で身体を揺すって勃起をおっぱいでシゴきはじめた。

(う、うわっ……パ、パイズリだっ)

柔らかな乳肉にこすられるのも気持ちいいが、自分のペニスがおっぱいに挟まれている光景に興奮してしまう。

「あんっ、おっぱいの間でオチンチンがビクビクしてるっ。元気すぎちゃうわね」

「た、たまりませんっ、ど、どうして……玲子先生っ、どうして僕にいろいろしてくれるんですかっ」

ふいに訊いてみただけだった。

だが、玲子は思いもよらず、真面目な顔で見つめてくる。

「キミ、かなり病《や》んでたんでしょ？」

沈黙が、湯気の中で流れた。

「……ど、どうしてそれを……」

「わかるわよ。私、これでも優秀なお医者さんなのよ。盲腸っていろんな原因からくるんだけど、キミの場合はストレス。おそらく仕事がつらかったんでしょう？　だから長く入院させせたのよ」

「……当たりです。どうして仕事のことって、わかったんですか？」

「なんとなくね。だいたい男の人がかかえるストレスって、仕事のことでしょう」

玲子は続けた。

「だから、病院の女性たちを癒やして欲しいって言ったのは、実はキミの心のリハビリでもあったの。でもね、安心して。同情で抱かれるんじゃなくて、キミが可愛くて、とってもいい子だからよ」

身体が震えた。この病院に入院してホントによかった。

「そうだったんですか。でもそれなら心のケアもバッチリです。僕、この病院で癒やされて、仕事も続ける気になったんです。だからわざわざ外泊許可までもらって、仕事を片づけに家に戻ったくらいですから」

「ウフフ。よかったわ、キミの心も治って。ねえ、早く入れて。好きよ、キミのこと……患者さんにこんな気持ちになっちゃいけないんだけど……」

湯の中で玲子が腰を浮かせて、春人を跨いできた。そのまま春人の腰の上に尻を落とす。ぬめった女の中に怒張がずっぷりと嵌まり込んだ。

「あううう！　んん、ああ……お、おっきいっ、なんて逞しいのっ」

湯の中で玲子がギュッとしがみついてきた。

春人も玲子を対面座位で抱っこして、腰を揺する。

ぱちゃ、ぱちゃと湯が暴れて湯煙が立った。

「ああんっ……ああっ、硬いのが、奥まできてるっ……だめっ……ああんっ、春人くんっ……ああっ、あんっ、そんなのっ……」

玲子が切なげに眉を寄せ、潤みきった目を細めて見つめてくる。

春人も見つめた。

柔らかな女体を抱きしめつつ、玲子の甘い吐息が顔にかかる。湯の中でなめらかな玲子の肌と自分の肌がこすれ、大きなおっぱいが密着する。

「すごいっ……気持ちいいですっ、玲子先生のなか……」

「ウフフ。春人くんのも熱くて、あんっ……すごい気持ちがいいのっ。ホントはイケナイことなのに……あんっ、とっても癒やされるわっ」

エキゾチックな美貌が苦しげな表情に歪んでいる。

だけどそれは、官能に堪えている淫らな表情だった。

(玲子先生を感じさせてるっ)

春人は猛烈に昂ぶり、玲子に口づけをして、そのままペロペロと首筋や肩、そして耳の奥まで舐めてしまう。

「あんっ……んんっ……はぁんんっ……くすぐったいっ。ああっ……だめっ、は、春人くんのオチンチン、奥までっ……すごいっ……あっ、あっ……はあぁンッ!」

玲子の呼吸が乱れ、息づかいが荒くなる。

深い呼吸をするたびに、湯の中で玲子の膣が収縮して勃起を締めつけてくる。

「くううっ。玲子先生のおまんこっ、締めつけがすごい」

言うと玲子が顔を近づけてきて、とろんとした目でウフフと笑う。

「やだもう。このまえおしゃぶりしてあげたときと全然違う。すごく余裕があって、男として自信があるって感じで……」

「玲子先生のおかげです。仕事やめようとしたのに、もう一度頑張ろうって思えて」

「あんっ、大丈夫っ。私、すごく濡れてるのよ。キミがこうさせているの。だから男として自信を持ちなさいっ……ああんっ。いいわっ。もっと濡らしてしまいそう」

玲子の優しい言葉を聞いて、春人はさらに昂ぶった。

ギュッとしながら下からがむしゃらに突きあげる。ぱちゃぱちゃと湯が跳ねて、

「あんっ……あんっ……ぁぁあああ……」

と、玲子は美貌を歪ませながら、気持ちよさそうに顎をそらせ、くい、くいっ、と腰を使いはじめる。

「あうう。す、すごいっ……玲子先生っ。根元から揺さぶられて、気持ちいい！」

柔らかく熟れた肢体を抱きしめつつ、負けじとぐいぐいと突き入れる。すると、

「あああん、だ、だめっ、そこ、だめっ！」

玲子がつらそうな声をあげる。

言われて春人は玲子の顔を覗き込んだ。

「ここ、感じるんですか？」

「か、感じるわっ。そこ、いいのっ……ぁああ。春人くんっ。私、もう壊れちゃいそう。はあん……ああっ……ああんっ、もうだめっ。イキそう……」

と腰を淫らにうねらせてくる。

こちらももう限界だった。

「ぼ、僕も。僕もイキそうですっ」

たまらなかった。抱きしめながら大きく突きあげたときだ。

「琴美ちゃんと仲良くね。泣かせちゃだめよ。すごく真面目ないい子なんだから」

真っ直ぐ見つめられて、そう告げられた。

玲子先生とは最初で最後だ。

春人は感極まる。

「あ、ありがとうございますっ、玲子先生っ」

視界がぼやけるのは、湯気のせいではなかった。

自分でも気がつかないうちに、春人は玲子を抱いて泣いていたのだった。


（了）

※本作品はフィクションです。作品内に登場する団体、人物、地域等は実在のものとは関係ありません。

欲情《よくじょう》ハーレム病棟《びょうとう》
〈書き下ろし長編官能小説〉
2020年8月5日 初版第一刷発行

著者……………………………………………… 桜井真琴

ブックデザイン…………………橋元浩明(sowhat.Inc.)

発行人……………………………………………後藤明信
発行所……………………………………株式会社竹書房
〒102-0072 東京都千代田区飯田橋2－7－3
電 話：03-3264-1576（代表）
03-3234-6301（編集）
竹書房ホームページ http://www.takeshobo.co.jp
印刷所…………………………… 中央精版印刷株式会社

定価はカバーに表示してあります。
乱丁・落丁の場合には当社までお問い合わせ下さい。
ISBN978-4-8019-2340-9 C0193

竹書房ラブロマン文庫　近刊目録

好評既刊

長編官能小説〈新装版〉
たかぶりマッサージ
美野晶　著
青年は性感マッサージでアスリート美女を発情させ媚肉をねっとり味わう…。誘惑ロマンの傑作が新装版で登場！
660円＋税

長編官能小説
つゆだくお届け便
鷹澤フブキ　著
食事の宅配サービスにきた美人妻たちが青年を誘惑する…！　自宅にいながら快楽を味わう出前ハーレムロマン！
660円＋税

長編官能小説
ときめきの終電逃し
八神淳一　著
女上司の家での残業、最後の新幹線を逃した美人同級生…。終電が終わってからはじまる秘密の快楽と淫戯！
660円＋税

長編官能小説
まぐわいウォーミングアップ
梶怜紀　著
エッチすると試合に勝てると噂される青年は、美人アスリートたちから次々に誘惑されて…!?　誘惑ロマン長編。
660円＋税